I0656152

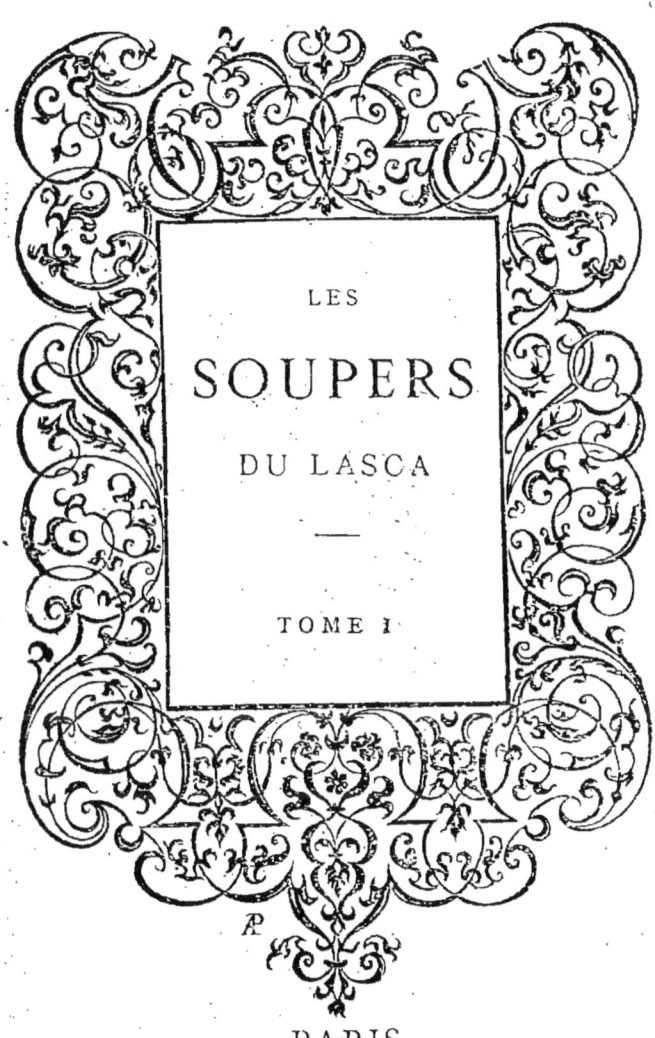

LES

SOUPERS

DU LASCA

TOME I

PARIS

Isidore LISEUX, Éditeur

Rue Bonaparte, n° 2

1882

LES SOUPERS

DU

LASCA

—

TOME PREMIER

Tiré
à deux cent cinquante exemplaires

LES
SOUPERS
DU LASCA

ou Recueil des Nouvelles

D'ANTONFRANCESCO GRAZZINI

Florentin, dit le *Lasca*
(xvie siècle)

Traduction complète et littérale

TOME PREMIER

PARIS
Isidore LISEUX, Éditeur
Rue Bonaparte, n° 2
1882

EXTRAIT

DE LA VIE DU LASCA

Par le chanoine BISCIONI (1)

A famille Grazzini, autrement
dite de Staggia, tire son ori-
gine du village de ce nom,
qui est situé dans la Valdelsa,
à vingt-cinq milles de Flo-
rence, sur la voie Romaine qui le traverse
par le milieu... C'est là que commença, vers
le milieu du XIIIe siècle, la race de notre

---

(1) Biscioni, né en 1674, mort en 1756, fut
conservateur de la Bibliothèque Laurentienne.
C'était un admirateur fervent du Lasca, dont il a
écrit la biographie avec amour, disent les Italiens.

I

poëte, en la personne d'un certain Grazzino,
comme il le dit lui-même dans les premiers
vers du sonnet LXXIX :

> Je suis à Staggia, qui est ma patrie,
> Et l'antique berceau de mes ancêtres,
> Où naquit mon aïeul et ser Simone,
> Sandro Grazzin, surnommé Urria.

Que ses ascendants aient été des principaux
habitants du village, qu'ils l'aient possédé en
grande partie, il l'affirme dans le même sonnet en ajoutant :

> Partout où se porte mon œil, où je pose le pied,
> Je vois mes armes peintes ou sculptées,
> Chose que je n'ai jamais vue ailleurs.

Voilà pour l'ancienneté et pour la richesse
de sa maison. Quant au rang de sa famille,
il faut savoir qu'elle avait été admise depuis
le XVe siècle au droit de cité dans Florence,
et qu'elle compta dans son sein des person-
nages de rare distinction...

Mais le plus illustre fut, sans aucun doute,
notre Antonfrancesco.

Il naquit à Florence le 22 Mars 1503. Son
père fut ser Grazzino d'Antonio di Grazzino
di Jacopo di Matteo di Guiduccio di Bindo

di Grazzino, qui est la tige de la famille des Grazzini de Staggia...

Sa mère s'appelait donna Lucrezia, fille de ser Lorenzo de' Santi, famille noble aussi, qui a occupé la suprême magistrature de la république de Florence ; cette dame Lucrezia fut mariée le 15 Mars 1497, et elle eut pour dot 720 florins, somme très considérable à cette époque et que pouvaient seules donner les familles nobles de cette cité. De ce mariage naquirent trois autres enfants mâles, Simone, Lorenzo et Girolamo.

On ne trouve rien qui nous apprenne à qui fut confiée l'éducation du jeune Antonfrancesco. On sait seulement, par quelques passages de ses vers, qu'il fit de la pharmacie, ce qui ne l'empêcha pas de s'adonner de propos délibéré à l'étude des belles-lettres, et il s'appliqua même à l'astrologie...

Il fut un des fondateurs des deux Académies les plus célèbres de cette ville ; savoir : la grande Académie ou Académie Florentine, appelée dans le principe *Académie des Humides,* et qui naquit le premier jour de Novembre 1540, et celle de la Crusca, qui ne commença que quarante ans plus tard.

Quand se fonda l'Académie des Humides, dans laquelle chacun des fondateurs adopta un surnom emprunté au royaume humide, notre Antonfrancesco résolut de s'appeler *le Lasca* (1); il ne voulut pas changer de surnom plus tard, à la fondation de l'Académie de la Crusca (2) (dans laquelle les surnoms devaient être empruntés au son ou à ce qui s'y rapporte), et il disait que son ancien surnom lui paraissait encore très bien choisi pour cette Académie, parce qu'on roule les poissons dans la farine avant de les faire frire.

Il prit pour armes, comme nous le voyons dans le *Libro de' Capitoli ec. dell'Academia degli Umidi*, un poisson, étendu de toute sa longueur sur l'eau, avec un papillon volant

---

(1) Lasca veut dire dard, gardon, ou plutôt poisson tout simplement.

(2) L'Académie de la Crusca, fondée en 1582, avait pour armes un blutoir entouré de cette devise : *Il più bel fior ne coglie*, il en prend la plus belle fleur. *Crusca* veut dire son, et l'Académie avait pris ce nom parce qu'elle prétendait, en matiere de littérature, séparer le son de la farine; elle n'a pas failli à sa mission.

au-dessus; il m'a été impossible de savoir
quelle était sa devise, en admettant qu'il en
eût ajouté une, comme c'est l'usage. Ces
armes sont une allusion frappante au caractère du Lasca, que sa nature portait à faire
des compositions du genre facétieux et fan-
tastique, et que représente bien le poisson,
dont la coutume est de se lancer hors de
l'eau pour happer les papillons qui, par leur
vol incertain, figurent les caprices de l'ima-
gination des hommes.

Quand l'Académie des Humides fut fondée, le Lasca en fut nommé chancelier;
mais, comme il ne fut pas appelé à rédiger
les Statuts, il refusa publiquement cette
charge. Il en fut trois fois provéditeur, et le
premier fut revêtu de cette dignité quand
elle prit le nom d'Académie Florentine.

Notre poëte, ayant été exclu de cette Académie pour inobservation de certains règle-
ments, se vengea par divers écrits satiriques,
et notamment par des Sonnets conservés
dans ses Poésies.

D'ailleurs, tout le temps que dura cette
exclusion (jusqu'en 1566), il ne laissa pas
son talent oisif; outre divers travaux, il pu-

blia des comédies qui sont fort appréciées
des connaisseurs. La première fut *la Gelosia*,
représentée à Florence en 1550 et imprimée
l'année suivante par Giunti; et, en 1560, *la
Spiritata,* imprimée aussi une année après
par les mêmes. Il s'occupa encore à faire
trois remarquables recueils de poésies : 1° le
recueil des œuvres burlesques du Berni et
d'autres poètes célèbres de son siècle, œuvres qui ont été et seront toujours le modèle
de la poésie badine ; 2° le recueil des Sonnets
du Burchiello et d'autres, réunis à la *Com-
pagnia del Mantellacio* et aux *Beoni* du magnifique Laurent de Médicis; il fut imprimé
pour la première fois par Giunti en 1552;
3° enfin un recueil des Chansons de Carnaval,
imprimé par Lorenzo Torrentino en 1559.

Ce fut aussi peu d'années après cette exclusion qu'il pensa à fonder une nouvelle Académie, laquelle fut plus tard l'Académie de
la Crusca, dans le but d'assurer le dévelop-
pement et la gloire de la langue Toscane.

Bien qu'il avançât en âge, il ne perdait
rien de la vigueur habituelle de son esprit ;
il le tenait toujours en haleine par des études
constantes, et s'occupait de mener à bonne

fin le projet qu'il avait formé de créer une base solide pour rendre immortelle sa langue maternelle.

Le Lasca mourut le 18 Février 1583, à 79 ans 10 mois et 27 jours ; il fut enterré le 20 du même mois, dans la sépulture de ses ancêtres, à l'église de San Pier Maggiore. Il ne s'était jamais marié.

C'était un homme d'un tempérament vigoureux, bien fait de sa personne ; sa physionomie était un peu sévère, sa tête chauve et sa barbe crépue. Il possédait à un haut degré l'art de bien dire ; et il écrivit beaucoup en prose et en vers ; mais il eut plus d'inclination pour la poésie et en particulier pour la poésie badine, ce qui le fit reconnaître pour le principal héritier du Berni.

On s'accorde à lui trouver beaucoup de naturel, un bon choix d'expressions et de pensées neuves. Non seulement il embellit et perfectionna la langue dans laquelle il écrivait, mais il l'enrichit de tournures et de phrases nouvelles. Aussi les Académiciens de la Crusca ont-il placé ses œuvres au nombre de celles d'où ils ont tiré un grand nombre d'exemples pour leur grand Dictionnaire.

J'ai parlé jusqu'ici des qualités du corps et de l'esprit du Lasca ; il me resterait à dire quelque chose de sa manière d'être en ce qui regarde la religion dans laquelle il naquit et mourut. Mais je veux terminer cette histoire ; je dirai donc seulement que le Lasca, autant qu'on en peut juger par ses œuvres sacrées et morales, fut un homme de mœurs bonnes et chrétiennes, un fervent catholique. Il faisait partie de quelques compagnies ou confréries de séculiers (ce sont des assemblées d'hommes qui se réunissent souvent pour pratiquer ensemble des exercices spirituels), car parmi ses poésies, on en trouve quelques-unes qui ont été composées pour la compagnie de la Cecilia sur le côteau de Fiesole ; on y trouve aussi quelques oraisons à la Croix, dites par lui le vendredi saint, dans la compagnie de San Domenico del Bechello...

Le Lasca s'est donc acquis dans ce monde une immortelle renommée ; et il faut croire pieusement qu'il jouit au ciel d'une éternelle félicité.

LES SOUPERS

DU

LASCA

1

INTRODUCTION AUX NOUVELLES

L s'était écoulé déjà mille cinq cent quarante ans depuis la féconde incarnation du Très Haut fils de la vierge Marie, et il ne s'en était pas encore passé mille cinq cent cinquante : c'était à l'époque où Paul III, vicaire du Christ et successeur de Saint Pierre, gouvernait notre sainte mère Église ; où l'empereur Charles-Quint acquérait une gloire éternelle en tenant les rênes de l'antique empire de l'invincible peuple de Mars ; où les Français étaient sous la garde et la direction de François Ier, sérénissime roi de France : vers la fin de Janvier, en la noble et

superbe cité de Florence, se trouvèrent dans
la maison d'une dame veuve, non moins
noble et spirituelle que riche et belle, quatre
jeunes gens des plus distingués et des plus
aimables du pays, qui étaient venus passer
le temps et s'entretenir avec un frère à elle,
courtois et lettré au point de n'avoir pas
son pareil non seulement à Florence, mais
encore dans toute la Toscane; outre ses
autres mérites, ce frère était excellent musi-
cien, il avait une chambre bien garnie de
chansons mises en musique et de toute espèce d'instruments agréables; tous ces jeunes
gens savaient, plus ou moins bien, chanter
et jouer de quelque instrument.

Pendant qu'ils s'amusaient à chanter ou à
faire de la musique, le temps se couvrit et
la neige se mit à tomber si dru, qu'en peu
de temps il y en eut partout haut comme
le poing; ce que voyant, les jeunes gens
cessèrent de chanter et de jouer, sortirent
de la chambre et allèrent dans une superbe
cour où ils se mirent à se divertir avec la
neige. Alors, la dame de la maison, qui était
avenante et gracieuse, eut la pensée d'enga-
ger avec son frère et les autres jeunes gens

une amusante bataille ; elle appela lestement quatre jeunes dames dont deux étaient ses belles-filles, une sa nièce et une autre sa voisine, toutes quatre mariées, qui, pour diverses causes ou par suite de diverses circonstances, se trouvaient alors chez elle, et qui étaient toutes nobles et belles, aimables et charmantes à merveille (les deux belles-filles avaient leurs maris, l'un à Rome et l'autre à Venise, pour leur commerce ; celui de la nièce était à ses affaires, et celui de la voisine à la campagne). Elle leur dit : « Mes » chères enfants, il m'est venu une idée : c'est » d'aller bien vite sur le toit et de faire à la » hâte, avec toutes les servantes, un très » grand nombre de boules de neige ; après » cela nous nous en irons aux fenêtres de » la cour et nous ferons, avec ces boules de » neige, une guerre terrible à ces jeunes » gens qui se battent entre eux ; ils voudront » se retourner et nous répondre ; mais » comme ils seront en bas, ils en recevront » tant que, pour le coup, ils seront bien » battus. »

La proposition plut à toutes les dames ; elles allèrent avec les servantes sur la ter-

rasse et de là sur le toit, où elles emplirent
lestement de boules de neige solides et bien
faites trois plateaux de bois et deux grands
paniers ; puis elles vinrent tout doucement
aux fenêtres qui donnaient sur la cour où les
jeunes gens, que leur bataille avait mis en
assez mauvais état, combattaient encore ;
elles posèrent chacune leur plateau ou leur
panier au pied d'une fenêtre, où elles se
placèrent jupes retroussées, bras nus, et se
mirent à lancer leurs boules aux jeunes
gens pêle-mêle et de tous côtés. Ceux-ci
trouvèrent l'aventure d'autant plus étrange
et extraordinaire qu'ils s'y attendaient moins.
On les prenait à l'improviste ; ils levèrent la
tête en l'air, ne sachant à quoi se résoudre,
restèrent immobiles et attendirent ; de sorte
qu'ils furent accablés de boules aux tem-
pes et sur le visage, à la poitrine et sur
tout le corps. Quand ils virent que les dames
y allaient pour tout de bon, ils se retournèrent en criant et en riant, et commencèrent
avec elles une petite guerre, la plus drôle du
monde ; mais ils n'avaient pas le dessus, car
lorsqu'ils se baissaient, ils recevaient une
grêle de boules de neige, et, en voulant

en éviter une, ils en attrapaient une autre; il
arriva plusieurs fois que quelques-uns d'entre
eux glissèrent et tombèrent : alors huit ou
dix boules le touchaient en un instant, ce
qui amusait infiniment les dames; pendant
un tiers d'heure, tant qu'il leur resta de
la neige, elles eurent un plaisir incomparable. La neige leur manquant, elles fermèrent les fenêtres et allèrent se réchauffer
et se changer, laissant dans la cour les jeunes
gens en colère, qui étaient tous sales et
mouillés. Ceux-ci, voyant les dames dispa-
rues et les fenêtres fermées, cessèrent de se
battre et revinrent dans la chambre, où ils
trouvèrent allumé un bon feu; l'un s'occupa
de se sécher, un autre se fit déchausser, un
autre se mit au lit, et il y en eut qui durent
changer même de chemise.

Après qu'ils se furent séchés et réchauffés,
ils se sentirent inconsolables d'avoir été si
mal arrangés par les dames et ils pensèrent
à se venger; ils s'en retournèrent doucement
tous ensemble dans la cour, y prirent de la
neige plein les mains et la poitrine et, croyant
trouver les dames sans défiance auprès du
feu, se mirent en route à pas de loup pour

les attaquer et accomplir leur vengeance;
mais ils ne purent si bien se cacher en montant l'escalier, qu'on ne les vît et qu'on ne
les entendît; les dames ne firent qu'un saut
et fermèrent la porte de la salle où elles
étaient; alors les jeunes gens, fort attrapés,
revinrent dans leur chambre.

La neige avait cessé de tomber, et ils par-
lèrent d'aller se promener. Comme ils dis-
cutaient pour savoir où ils iraient, il arriva,
ainsi que nous le voyons souvent, que la
neige se transforma en pluie et qu'il se mit
à pleuvoir à verse; de sorte qu'ils se décidèrent à ne pas bouger de la soirée; ils
firent apporter de la lumière, parce que la
nuit venait déjà, et raviver le feu: puis ils
chantèrent des madrigaux à cinq voix de
Verdelotto et d'Arcadelte.

Les dames, qui avaient trouvé moyen
d'échapper aux jeunes gens, se moquaient
d'eux tout en se chauffant; pendant qu'elles
causaient entre elles et qu'elles échangeaient
de gais et joyeux propos, elles entendirent
par hasard les chants de leurs compagnons,
mais elles n'en distinguaient rien que la
musique et désiraient entendre aussi les pa-

roles. Quelques-unes, qui les connaissaient et qui s'en amusaient, entraînèrent le consentement des autres, et l'on fut d'accord pour faire appeler les jeunes gens, qui, tous tant qu'ils étaient, étaient liés à elles par des relations de parenté, de bon voisinage ou d'amitié. La maîtresse de la maison fut envoyée en ambassade ; les jeunes gens consentirent de grand cœur et furent heureux de l'accompagner bien vite dans la salle, où ils furent reçus par les autres dames avec beaucoup d'égards, de joie et de politesse.

Quand ils eurent chanté six ou huit madrigaux au grand plaisir, à la grande satisfaction de toute la compagnie, ils vinrent s'asseoir auprès du feu, et l'un d'entre eux, qui avait emporté de la chambre les *Cent Nouvelles* et qui les tenait sous son bras, fut interrogé par une de ces dames qui lui demanda quel livre il avait là ; il lui répondit que c'était le plus beau et le plus utile qui eût jamais été fait. « Ce sont, » dit-il, « les Nou-» velles de messer Jean Boccace, ou plutôt » de Saint Jean Bouche d'or. — Fort bien ! » répondit une autre, « un saint, le mot me » plaît, » et elle se mit à rire sous cape.

Comme le jeune homme avait une jolie voix et qu'il lisait avec grâce, on le pria de vouloir bien en lire une à son choix, mais il refusa : il voulait qu'une autre commençât. Alors une autre dame, prenant la parole, dit qu'il fallait consacrer à cela une journée; qu'on était dix, que chacun lirait la sienne et aurait son tour. On trouva l'avis excellent, et pendant qu'on discutait le choix du jour, l'un voulant le cinquième, un autre le troisième, un autre encore le sixième, le quatrième ou le septième, la dame chez laquelle on était eut envie de réaliser une idée qui lui était venue à l'esprit à l'instant même: elle s'éloigna du feu sans rien dire, s'en alla dans sa chambre et fit appeler le domestique de la maison et un autre serviteur; elle leur expliqua clairement ce qu'elle voulait qu'ils fissent, puis retourna à sa place et trouva la compagnie toujours occupée à discuter le choix du jour; elle se mit alors à parler d'un ton gracieux et de l'air le plus gai du monde :

« Braves jeunes gens, et vous charmantes
» jeunes femmes, puisque la nécessité nous
» a amenés, bon gré mal gré, à rester ce soir

» à causer autour de ce feu, je suis obligée
» de vous adresser une prière et de vous
» demander de me faire une grâce; je la
» demande à vous autres hommes surtout,
» parce que j'ai toute confiance dans l'obli-
» geance et la bonté de mes compagnes et
» que, j'en suis bien sûre, elles ne feront
» aucune difficulté de se rendre à mes
» désirs. »

Les jeunes gens lui promirent tous et lui
jurèrent qu'ils feraient tout ce qu'ils pour-
raient pour lui être agréables ; elle continua alors en ces termes : « Vous en-
» tendez tous comme il pleut, c'est un
» vrai déluge; la grâce que je vous de-
» mande, c'est de ne pas partir d'ici et de
» vouloir bien souper sans cérémonie, ce
» soir, avec mon frère, votre bon ami,
» et avec moi ; pendant ce temps-là la pluie
» cessera, et quand même elle continuerait,
» il y a en bas assez de chambres meublées
» pour loger aisément une compagnie plus
» nombreuse que la vôtre. Mais, en atten-
» dant l'heure du souper, j'ai pensé, si vous
» le voulez bien, à passer le temps agréa-
» blement: nous y arriverons, non pas en

» lisant les contes écrits par Boccace, bien
» qu'il soit impossible d'en trouver de plus
» beaux, de plus gais et de plus moraux,
» mais en en disant, chacun à notre tour, un
» de notre cru ; ils seront sans doute moins
» parfaits et moins instructifs, mais aussi ils
» seront moins connus ; leur nouveauté,
» leur variété doit vous procurer, pour une
» fois, avec un peu de profit, beaucoup de
» plaisir et d'agrément, car il y a parmi
» nous des personnes spirituelles, intelli-
» gentes, d'un esprit bizarre et fantasque.
» Vous autres, jeunes gens, vous êtes versés
» dans la connaissance des belles lettres,
» vous êtes familier avec les poètes, non
» seulement Latins et Toscans, mais Grecs
» encore ; vous ne devez pas être embar-
» rassés pour inventer ou pour raconter
» quelque histoire ; et les dames, mes amies,
» tâcheront, elles aussi, de s'en tirer à leur
» honneur. A vrai dire, nous sommes en
» carnaval, c'est un temps où il est permis
» même aux religieux de s'amuser ; les
» moines jouent au ballon entre eux, ils
» représentent des comédies, se déguisent,
» font de la musique, chantent et dansent ;

» il n'est pas défendu même aux religieuses,
» dans les représentations qu'elles donnent
» pendant ces jours-là, de s'habiller en hom-
» mes avec le bonnet de velours sur la tête, les
» culottes aux jambes et l'épée au côté. Pour-
» quoi donc serait-il malhonnête ou inconve-
» nant pour nous de nous distraire en racon-
» tant des Nouvelles? qui pourra raisonnable-
» ment trouver cela mal? qui pourra vous en
» faire un reproche mérité? C'est aujourd'hui
» Jeudi et, comme vous le savez, non pas Jeudi
» prochain, mais celui d'après sera le Jeudi
» gras; je veux, et je vous le demande en
» grâce, que vous veniez encore ces deux au-
» tres Jeudis souper le soir comme aujour-
» d'hui avec mon frère et avec moi ; ce soir,
» comme nous n'avons pas le temps de nous
» préparer, nos histoires seront courtes ;
» mais pour les deux autres soirées, nous
» aurons devant nous une semaine entière
» avant chacune d'elles : il faudrait raconter
» dans la première des histoires de moyenne
» taille et dans la dernière, celle du Jeudi
» gras, de longues Nouvelles. Ainsi chacun
» de nous en racontera trois : une petite,
» une moyenne et une longue, et se fera

1   2

» apprécier sous trois formes, sans compter
» que le nombre trois est le plus parfait de
» tous, puisqu'il renferme en lui-même un
» commencement, un milieu et une fin. »

Combien le discours de la dame plut aux
hommes et aux jeunes femmes, je ne puis
l'exprimer et on ne saurait même s'en faire
une idée; les propos, les faits et gestes de
tous ceux qui étaient là en donnèrent la
preuve évidente; ils étaient si gais et si
joyeux qu'ils ne tenaient plus dans leur
peau; la dame continua alors en ces
termes :

« Il me semble que tout ce qu'on entre-
» prend doit se faire avec ordre, afin qu'on en
» obtienne bien ce qu'on en espère; aussi me
» semblerait-il convenable, si vous le voulez
» bien, de ne pas nommer de roi ni de reine,
» mais de nous gouverner en forme de ré-
» publique; je crois encore, si cela vous agrée
» à tous tant que vous êtes, que le sort doit
» décider de l'ordre dans lequel chacun de
» nous parlera. Pour cela, il nous faudrait
» trois bourses : dans l'une on mettrait les
» noms des hommes et dans la seconde les
» noms des dames, tous écrits sur de petits

» billets; dans la troisième il y aurait deux
» billets seulement; l'un porterait *hommes* et
» l'autre *femmes*. On commencerait par en
» sortir un de cette dernière bourse, et selon
» ce qu'il indiquerait, on tirerait un nom de
» la bourse des hommes ou de celle des
» dames; on continuerait ainsi, en alternant,
» jusqu'au dernier nom; on ferait cercle autour
» du feu dans l'ordre où on devrait parler (1).
» . . . .
» Mais cessons cet entretien; avant que l'on
» commence les Nouvelles de cette soirée,
» je me tourne vers toi, Dieu bon et puis-
» sant, qui seul sais tout et peux tout, et je
» te prie dévotement et de tout mon cœur
» de m'accorder, dans ta bonté et dans ta
» clémence infinies, et d'accorder à tous
» ceux qui parleront après moi, ta grâce et
» ton appui, pour que ni ma langue ni la leur
» ne dise rien qu'à ta louange et pour notre
» édification. J'en viens à ma Nouvelle, et
» pour vous encourager tous, pour vous

---

(1) Il manquait ici au Manuscrit une page
entière. Ce qui suit n'est pas dit par la dame, mais
par un des jeunes gens, Ghiacinto, qui raconte la
première Nouvelle.

» donner l'exemple de l'enjouement et de la
» gaieté, elle sera plutôt un peu légère et
» un peu folâtre qu'autrement. »

Cela dit, il continua :

LES SOUPERS DU LASCA

PREMIER SOUPER

PREMIÈRE NOUVELLE (1)

SALVESTRO BISDOMINI, *croyant porter au médecin l'urine de sa femme malade, lui porte celle d'une servante en bonne santé ; par ordonnance du médecin, il use vigoureusement des droits du mariage et guérit sa femme ; il donne un mari à la servante, qui en avait besoin.*

L n'y pas encore bien long-temps que vivait à Florence un médecin, très savant homme, qui se nommait maître Mingo ; il était déjà vieux, il souf-

---

(1) Cette Nouvelle est une amplification du

frait de la goutte et se tenait chez lui, se
contentant d'écrire, pour passer le temps
et pour être utile aux autres, quelques
ordonnances de loin en loin. Advint que
la femme d'un de ses amis, nommé
Salvestro Bisdomini, tomba malade. Bisdomini consulta beaucoup de médecins;
loin de savoir ou de pouvoir la guérir,
aucun d'eux ne sut même reconnaître
son mal; il s'en alla à la fin trouver son
ami Mingo et lui décrivit toute la maladie de sa femme; il lui dit, de plus, que
tous les médecins qui l'avaient vue en
avaient mal auguré. Le docteur, touché
de ce récit, répondit à son ami que cela
lui faisait beaucoup de peine et l'engagea
à prendre patience, car, lui dit-il, la douleur qu'on éprouve de la mort de sa
femme est un peu comme la secousse
causée par des vomissements : ça fait
beaucoup de mal, mais ça se dissipe

Conte CXI de Pogge : *De medico indocto qui,
urinæ gratia, indicavit mulierem coitu indigere.*

vite; il lui dit encore de ne pas se tour-
menter, qu'il ne manquerait jamais de
femmes. Mais Salvestro, en homme qui
aimait et qui adorait la sienne, le pria
seulement de lui donner et de lui pres-
crire quelque remède; et le médecin répondit : — « Si encore je pouvais aller la
» voir, nous trouverions bien le moyen
» de la tirer de là; apporte-moi toujours
» demain matin de son urine, et si je
» vois que je puisse lui être utile, je n'y
» manquerai pas. » Il se fit tout raconter
par le menu, s'enquit en détail des sym-
ptômes de la maladie, et recommanda de
conserver et de lui apporter l'urine que
ferait la dame après dix heures; on était
alors à la fin de Janvier. Salvestro remercia beaucoup le médecin et partit content; il s'en retourna chez lui et, le soir
même, après qu'il eut soupé, il dit à sa
femme qu'il devait le lendemain matin
porter de son urine à son compère, et
qu'il fallait que cette urine fût d'après
dix heures; la dame, qui voulait guérir,

ne demanda pas mieux ; alors Salvestro
ordonna à une jeune servante qu'ils
avaient et qui était âgée de vingt-deux
ans ou à peu près, de se tenir pour
avertie et d'ouvrir l'oreille ; il lui prépara une de ces horloges qui ont un
réveil et lui dit de recueillir, aussitôt
après en avoir entendu le bruit, la première urine que la dame ferait, de la
mettre et de la conserver dans un vase
destiné à cet usage ; puis il alla se coucher dans une autre chambre, laissant sa
femme avec sa servante, afin que celle-
ci pût la servir, comme d'ordinaire, si
elle avait encore besoin de quelque
chose.

L'heure indiquée arriva, cependant, le
réveil fit son vacarme ; la servante, qui
avait nom Sandra, se mit à veiller et attendit assez pour qu'il prit à sa maîtresse
envie d'uriner ; elle recueillit avec soin le
liquide, le mit dans le vase, qu'elle plaça
contre un coffre, puis elle se jeta sur le
canapé pour dormir. Le jour venu, elle

s'éveilla, et voulant se préparer à donner
l'urine à son maître s'il la lui demandait,
elle alla, confiante, à l'endroit où elle
l'avait placée; mais elle trouva, sans savoir comment, le vase sens dessus dessous : sans doute les rats ou le chat
l'avaient renversé, et toute l'urine s'était
perdue. Elle fut très contrariée et eut
peur, ne sachant quelle excuse donner;
elle craignait Salvestro, qui était un peu
vif, un peu brusque, et pour ne pas avoir
de scène, pour éviter quelques horions
peut-être, elle prit le parti de réparer
l'accident avec sa propre urine; justement elle avait envie de pisser, elle remplit la moitié du vase, et quand Salvestro,
un moment après, arriva et lui demanda
l'urine, elle lui remit, comme vous
l'avez bien compris, la sienne à la place
de celle de sa femme malade; notre
homme, sans défiance, mit le vase sous
son manteau et alla en courant chez son
ami le médecin, lequel eut à peine vu le
liquide qu'il en demeura étonné et émer-

veillé, disant à Salvestro que cette femme
ne lui paraissait avoir aucun mal. —
« Comment n'en aurait-elle pas ?» répondait l'autre, «la pauvre femme ne bouge
» pas du lit. »

Le médecin, ne trouvant dans cette
urine aucun indice de maladie, se tourne
vers son ami et lui dit que, pour certains
motifs connus de lui et en vertu des
principes posés par Avicenne, il voulait
revoir de l'urine du lendemain matin.
On en resta là; Salvestro s'en alla à ses
affaires, laissant maître Mingo plongé
dans l'étonnement.

Au soir, Salvestro rentra chez lui et
soupa, puis il donna ses ordres à la
même servante, lui laissa le soin de les
exécuter, et s'en alla dormir.

Quand le réveil eut sonné et que le
temps fut venu, la dame demanda à
pisser; Sandra, après l'avoir recouchée,
retourna dormir; elle se réveilla de
bonne heure et, tout en réfléchissant,
elle eut peur que si son maître portait

cette fois l'urine de sa femme malade, le
médecin ne reconnût la fraude ; elle se
repentait bien déjà du premier échange
qu'elle avait fait ; elle craignait que Salvestro ne se mît en colère, et, après lui
avoir fait avouer sa ruse, ne la chassât
ou ne lui donnât quelque bonne frottée ;
elle se décida donc et prit le parti qui lui
sembla le meilleur : c'était de jeter cette
urine et de pisser de nouveau dans le
vase. Elle se leva lestement et fit ce
qu'elle avait résolu.

Sandra était de Casentino et elle avait,
comme vous savez, vingt-deux ans ; elle
était petite, mais forte et dodue, un peu
brune ; ses chairs étaient fraîches et
fermes, son visage coloré, son teint
éclatant, ses yeux gros, un peu humides,
à fleur de tête, de sorte qu'ils semblaient
vouloir lui sortir du front et qu'ils bril-
laient comme du feu ; bref, c'était un moulin à faire de bonne mouture, un vigoureux
cheval, capable, je vous assure, de retirer
quelqu'un de n'importe quelle ornière.

L'heure arrivée, Salvestro lui demanda
et reçut d'elle le vase avec l'urine, et il
s'en alla chez le médecin ; celui-ci, plus
étonné encore que la première fois,
regarda longtemps cette urine, et n'y
voyant autre chose que des signes de
chaleur, il dit en souriant à Salvestro :
« Mon compère, dis-moi, de bonne foi,
» combien y a-t-il de temps que tu n'as
» usé avec ta femme des droits du ma-
» riage ? » Celui-ci, croyant que le médecin se moquait de lui, lui répondit :
— « Vous avez bien du temps de reste. »
Mais Mingo insistant, il finit par lui dire
qu'il y avait plus de deux mois. —
« C'est bien, » répondit le médecin, et
après y avoir un peu réfléchi, il demanda
à voir l'urine une troisième fois et il dit :
« Mon compère, réjouis-toi, je crois
» avoir découvert la maladie de ta femme,
» et j'espère lui rendre la santé vite et
» sans peine ; reviens demain matin avec
» l'urine, et je te donnerai une ordon-
» nance. »

Salvestro partit tout joyeux et porta
la bonne nouvelle à sa femme ; il attendait
gaiement et avec impatience le jour suivant pour apprendre le moyen de ramener
à la santé sa chère compagne. Le soir,
quand il eut soupé, il resta quelque temps
auprès de la dame à l'encourager, puis,
il fit à la servante les mêmes recomman-
dations que la veille, et s'en alla, comme
d'ordinaire, reposer dans son lit.

Sandra était fort inquiète, parce qu'il
n'y avait plus moyen de revenir sur le
passé ; comme elle avait commis deux
fois la même faute, elle résolut de la
commettre une troisième, et, le matin,
elle donna son urine à Salvestro au lieu
de celle de sa maîtresse. Notre homme
la porta le plus tôt qu'il put au médecin,
qui, la voyant pure et claire, se tourna
vers lui en riant selon sa coutume et lui
dit : « Viens ici, Salvestro ; il te faut, si
» tu désires réellement, comme tu en as
» l'air, guérir ta femme, la servir en bon
» mari. Je ne vois pas en elle d'autre

I   3

» mal qu'une extrême chaleur, et il n'y
» a, pour la guérir, d'autre moyen,
» d'autre remède, que celui que je t'in-
» dique; je t'engage à l'employer, le plus
» tôt sera le mieux; tâche de te com-
» porter vaillamment, et si cela ne
» réussit pas, tu peux la considérer
» comme perdue. »

Salvestro, qui avait une entière confiance dans le médecin, promit de faire
bonne besogne et le quitta; puis il attendit avec une impatience extrême cette
nuit dans laquelle il devait poursuivre la
guérison de sa femme et lui rendre sa
santé perdue.

Enfin, le soir vint; il avait fait préparer un bon souper et il voulut manger
en présence de sa femme; il fit placer
une table auprès du lit, et soupa gaiement, avec un de ses amis, homme aimable et enjoué, tout en tenant de
joyeux propos. A la fin, il donna congé
à son ami, dit à la servante d'aller se
coucher dans sa chambre, et, resté seul

se mit à se déshabiller devant sa femme
en riant et en plaisantant toujours.

La femme, non moins étonnée que
craintive, attendait la fin de tout cela, ne
sachant où Il voulait en venir. Quand il
fut tel que Dieu l'avait fait, il vint se
coucher auprès d'elle et il commença,
tout en la caressant et en la serrant de
près, à l'embrasser et à la baiser; la
dame, effrayée de ces baisers et de ces
caresses, lui dit : « Hélas! Salvestro, que
» veut dire ceci? Avez-vous perdu la
» tête? Que voulez-vous faire? » Il lui
répondit : — « N'aie pas peur, ne crains
» rien, petite folle; je veux te guérir; »
et cela dit, il continuait ses préparatifs;
mais sa femme, élevant la voix, se prit à
crier : — « Oh! traître! c'est comme cela
» que vous voulez me tuer? vous n'avez
» pas la patience d'attendre que la mala-
» die m'emporte, ce qui ne sera pas
» long, vous voulez hâter ma mort par
» un si cruel moyen ? — Comment! »
répondit Salvestro, « mais je cherche à

» te conserver en vie, ma chère amie,
» c'est là le remède qui convient à
» ton mal; c'est ce que m'a ordonné
» notre ami maître Mingo, dont tu sais
» la supériorité sur tous les autres méde-
» cins; ainsi ne crains rien, tiens-toi
» tranquille, aie confiance, afin de guérir
» vite et de sortir de ce lit. » La dame
n'en cria pas moins, elle se trémoussait
et ne cessait de faire des reproches à son
mari et de le gronder; mais comme elle
était très faible, elle finit par se laisser
vaincre autant par la force que par les
prières, de sorte qu'ils accomplirent
l'acte sacré du mariage. Elle s'était promis de rester immobile, comme si elle
eût été de marbre, mais elle ne put à la
fin s'empêcher de se démener, et il lui
sembla bien, quand son mari la serra dans
ses bras, qu'il lui inoculait la santé,
comme il le lui avait dit; car elle sentit
en un instant son malaise se dissiper et
disparaître la fièvre, la pesanteur et la
faiblesse de tête, la langueur et la lassi-

tude des membres; elle se trouva toute
dégagée, toute légère; la liqueur qui
crée les hommes lui avait enlevé son mal
et ses souffrances.

Après la première rencontre, ils se
donnèrent un peu de repos et reprirent
haleine; mais Salvestro, qui avait présentes à l'esprit les paroles du médecin,
se prépara au second assaut, et après
cela, il ne leur fallut guère de temps
pour mener à fin le troisième; enfin la
fatigue les fit dormir, et la dame, qui
depuis vingt nuits n'avait pu fermer
l'œil, s'endormit incontinent et reposa
huit heures de suite; encore ne se serait-
elle certes pas réveillée si son mari, la
lutinant, n'avait donné un quatrième
assaut, quand il faisait déjà jour; après
quoi elle se rendormit, et son sommeil
se prolongea jusqu'à trois heures. Salvestro se leva et lui porta au lit, de sa
propre main, des confitures et du vin de
Trébie, comme si elle eût été en couches,
et, ce matin-là, elle mangea plus et de

meilleur appétit qu'elle ne l'avait fait
auparavant en huit jours; son mari, enchanté, s'en alla trouver le médecin et
lui raconta tout d'une façon précise;
maître Mingo fut rassuré et engagea son
ami à continuer.

Salvestro l'ayant quitté, s'occupa de
mener à bonne fin quelques affaires;
puis, quand il fut l'heure, il revint dîner
chez lui; il fit cuire un chapon gros et
gras et dîna gaiement avec sa chère
femme, qui, ayant repris goût aux mets,
mangea cette fois comme une personne
en bonne santé et but comme une malade; et, le soir, après avoir fort bien
soupé, elle se mit au lit avec son mari,
non plus triste et craintive, mais joyeuse
et sûre que le remède était bon.

Salvestro la traita par le même procédé,
et, pour ne pas vous tenir plus longtemps
en suspens, il lui fit mener si joyeuse
vie qu'en quatre ou six jours elle sortit
du lit, et qu'en moins de dix elle se
retrouva fraîche, le visage rose, aussi

belle et aussi bien portante qu'elle l'avait jamais été. Aussi enchantée de l'événement que son mari, elle remercia Dieu et son médecin, dont les conseils et la vraie science l'avaient, par des moyens si doux, ramenée à la santé quand elle était presque morte.

Cependant, le Carnaval était venu ; un soir, après souper, Salvestro et sa femme se tenaient près du feu, gais tous deux, le cœur joyeux, bavardant et riant. Sandra, qui avait bien vu que l'échange de l'urine avait procuré à sa maîtresse le salut, à son maître le bonheur, leur raconta en détail tout ce qui s'était passé ; ils en furent émerveillés, et s'en donnèrent tant de rire ce soir-là, en pensant à cette aventure, que les yeux leur en faisaient mal.

Dès qu'il fit jour, Salvestro s'en alla à la maison du médecin et lui conta toute l'histoire. Maître Mingo, stupéfait, et comme hors de lui, ne cessait de penser à cet événement extraordinaire ; car enfin, la servante avait été, sans le vouloir et en faisant une chose qui pouvait nuire à sa dame, cause de son plaisir et de son salut; aussi, après avoir bien ri, le docteur, lui aussi, racontait ce cas comme un miracle à quiconque le venait voir, et il écrivit au nombre de ses recettes celle-ci : « Pour toutes les maladies » des dames de seize à cinquante ans, » quand on ne trouve pas de remède et » que les médecins les abandonnent, le » commerce avec un homme est souve- » rain, tout-puissant, pour les guérir en » fort peu de temps, » et il donnait pour exemple cette cure merveilleuse.

Il fit comprendre à Salvestro que sa servante, qui avait été pour lui la cause d'un si grand bonheur, avait très grand besoin d'un mari, et que, faute de l'avoir, elle pourrait facilement attraper quelque maladie grave et dangereuse : aussi Salvestro, pour la récompenser du service rendu, la donna-t-il en mariage au beau-fils d'un de ses ouvriers, de San Martin

la Palma, jeune homme dans la fleur de
l'âge : un bon drille, je vous assure, qui
lui secoua les puces et ne la laissa pas
chômer.

DEUXIÈME NOUVELLE

UN JEUNE HOMME *noble et riche, se venge de son précepteur, en lui jouant un tour qui lui fait perdre le principal attribut du sexe masculin ; puis il s'en retourne joyeux à Lyon.*

ES dames et les jeunes gens ne pouvaient se lasser de rire de l'amusante nouvelle de Ghiacinto ; chacun approuvait fort la recette du médecin contre les maladies incurables des femmes. Amaranta, qui savait qu'elle était la seconde à parler, prit la parole et dit avec une grâce infinie : « Pour le premier conte, on peut » dire, en vérité, que celui de Ghiacinto est » charmant ; j'y ai pris beaucoup de plaisir, » j'en ai éprouvé un contentement extrême, et

» il me semble qu'il en a été de même pour
» vous tous, si les signes extérieurs peuvent
» donner la mesure de la joie ou de la douleur
» qu'on ressent au fond de l'âme ; cela m'a
» décidé à l'imiter, à laisser de côté une his-
» toire qui m'était venue en tête et à vous en
» raconter une autre que je viens à l'instant
» de me rappeler ; j'espère qu'elle vous plaira
» autant et qu'elle ne vous fera pas rire moins
» que la précédente ; » et elle commença en
ces termes :

Amerigo Ubaldi fut, comme vous le
savez probablement tous, de son temps,
un jeune homme gracieux, fin, aimable
autant que n'importe quel autre qui ait
jamais existé à Florence ; par malheur
pour lui, il eut dans son enfance, du
vivant de son père, pour le surveiller, un
pédagogue, le plus ennuyeux et le plus
désagréable qu'on puisse imaginer, outre
cela, ignorant et sot, qui ne négligeait
jamais de l'accompagner à l'école, de le
ramener à la maison et ne le quittait pas
d'une semelle ; de sorte que le pauvre

enfant ne pouvait pas dire un mot que
son pédant ne voulût l'entendre. Bien
plus, messire le précepteur n'avait pas
d'autre pensée que de le mener toujours
avec lui, d'être constamment sur son
dos; il le gardait comme on garde une
jeune fille; il faisait comprendre au père
de quelle importance il était de tenir le
jeune homme de près, de l'empêcher de
prendre de mauvaises habitudes, car,
selon lui, les jeunes gens étaient plus
déréglés que jamais, plus enclins aux
vices, et par conséquent ennemis de la
vertu. Si bien que l'enfant, à cause de la
peur qu'il avait de son père, devait causer avec les camarades et les amis du
pédagogue et ne jamais fréquenter
qu'eux; c'étaient, pour la plupart, des
villageois, des paysans; pensez quelles
manières élégantes, quelles façons distinguées il pouvait apprendre. Il fut ainsi
tenu depuis onze jusqu'à dix-sept ans.

Mais, à cette époque, un de ses oncles
mourut à Lyon; son père étant âgé et

maladif, il fut obligé d'y aller pour une succession très importante ; il y resta dix ans ; là, il fréquenta à son aise quelques Florentins du même rang que lui, jeunes gens nobles et bien élevés, et acquit en peu de temps de bonnes façons et des manières distinguées ; de plus, en homme intelligent qu'il était, il devint entendu et habile pour le commerce.

Sur ces entrefaites, son père mourut et il fut forcé de s'en retourner à Florence, où il trouva le pédagogue, plus beau que jamais, qui ne lâchait pas deux de ses jeunes frères qu'il élevait. Quand il eut arrangé ses affaires et que le partage fut fait comme il convenait, il voulut s'en revenir à Lyon ; mais auparavant, il résolut de mettre à la porte le pédant qu'il avait en si grande haine, car cet homme lui avait fait passer ses plus jeunes et ses plus belles années sans un plaisir au monde, sans même une promenade, et de délivrer ses frères de tant de despotisme et de méchanceté ; mais il vou-

lait d'abord lui jouer un tour sanglant,
de façon que son souvenir ne sortît
jamais de la mémoire du pédagogue. En
y réfléchissant, il lui vint à l'esprit de lui
en faire, avec l'aide de quelques-uns de
ses camarades et de ses amis, un qui le
dédommagerait en grande partie de tous
les déboires de sa jeunesse.

Ils convinrent entre eux de ce qu'ils
voulaient faire, et comme on donnait par
hasard en ce moment-là une comédie au
palais Pitti avec la troupe du Lauro, et
qu'Amerigo y avait été invité, il emmena
avec lui le pédagogue, qui fut enchanté.
Quand on eut soupé et que la comédie
fut achevée, Amerigo partit avec le précepteur et un de ses camarades. Tous
trois prirent le chemin du Ponte Vecchio
pour retourner à la maison où ils demeu-
raient dans le quartier de San Giovanni,
et comme ils passaient par Porsanta-
maria, arrivés au coin de Vacchereccia,
ils virent une échoppe où se tenait un de
ces ouvriers qui mettent des pointes aux

lacets. Amerigo s'arrêta en face et dit en riant à son compagnon : « Le maître de » cette échoppe est, comme tu le sais » sans doute, un petit vieux, bizarre, » bourru, l'être le plus ennuyeux et le » plus étrange qui soit au monde. Je » veux que nous pissions là-dedans, et » que nous lui remplissions tout de » l'urine que nous avons tous trois dans » le ventre ; comme cela, il aura de quoi » grogner demain matin. » Ayant ainsi parlé, il passa son instrument à pisser par une fente qui se trouvait près du guichet et qu'on aurait dite faite exprès ; peut-être fit-il semblant de pisser ; après lui, son compagnon en fit autant ; puis Amerigo, se tournant vers le pédagogue, lui dit : « Eh bien ! mon maître, voyons, » de bonne foi, voyez si vous avez envie ; » il faut que nous inondions toute sa » boutique, pour que demain matin il » fasse grand vacarme, et que sa fureur » donne à rire à tout le voisinage. » Le pédant, voyant le désir d'Ubaldi, répon-

dit qu'il tâcherait; il fit quelques efforts,
délaça sa braguette, sortit avec la main
son ustensile, et, comme l'avaient fait
précédemment les deux autres, le mit
dans ce trou si bien placé, et commença
à pisser.

Il y avait là-dedans un certain Piloto,
homme aimable et facétieux, qui avait
tout organisé. Il avait parfaitement entendu tout ce qu'on avait dit : quand il
comprit que c'était le tour du précepteur, il se mit près du trou ayant en
main une tête de brochet sèche, dont les
dents épaisses, longues et aiguës étaient
comme autant d'alènes; il saisit d'un
coup plus de la moitié de l'objet et le
serra de si bon cœur qu'il le traversa
de part en part, tout en soufflant et
en miaulant comme s'il y avait réellement eu un chat; il savait faire le
chat mieux qu'aucun autre homme
au monde. Le pédagogue, pris par
l'endroit sensible, poussait des mu-
gissements épouvantables. « Seigneur

» mon Dieu, viens à mon aide ! »
s'écriait-il, et persuadé que c'était un
chat qui le tenait entre ses dents, il dit
presque en pleurant . « O Amerigo,
» miséricorde ! à l'aide ! je suis perdu ; un
» chat s'est attaché à moi, il me mord,
» il me transperce, et, pour comble de
» malheur, il ne lâche pas prise ; je ne
» sais comment faire... pour·Dieu ! tirez-
» moi de peine n'importe comment. »
Amerigo et son compagnon avaient une
telle envie de rire qu'ils ne pouvaient
pas parler ; car Piloto imitait vraiment
trop bien un gros chat en chaleur ; alors
le pédant se mit à dire : « Minette, mi-
» nette, minette, ma petite minette ! »
et il cherchait tout le temps à se faire
lâcher ; il tirait à lui, doucement, doucement, son membre endolori. Piloto
sentait le mouvement, et tout en miaulant il serrait de plus belle et transper-
çait sa victime ; le pédagogue reprenait
haleine, soupirait et se remettait à dire :
« Minette, minette ! » il le disait si bien,

J   4.

il y mettait tant de cœur, qu'on aurait
cru qu'il tenait le chat sur ses genoux
et qu'il lui caressait la queue; il tirait
à lui un petit peu, et l'autre, toujours
miaulant, serrait plus fort, et soufflait
comme un chat qui tient dans sa gueule
un oiseau ou un morceau de viande, et
dont on s'approche pour le lui enlever.

Le précepteur en était là; Amerigo et
son compagnon, ayant l'air d'avoir pitié
de lui, firent je ne sais quel signe; aussitôt
parurent du côté du Borgo Santo Apos-
tolo quatre hommes, les mains pleines
de cailloux, qui commencèrent à en jeter
sur nos trois compagnons. Amerigo et son
ami ne s'attardèrent pas à savoir ce que
c'était, mais, ainsi que c'était convenu,
ils partirent comme un trait et se sauvè-
rent. Le pédant était prisonnier et restait attaché par ce membre destiné à de
plus doux usages; il ne savait comment
s'en tirer, on faisait pleuvoir sans cesse
sur lui une grêle de pierres; il en recevait sur le dos, sur les côtés; enfin, pour

ne pas attraper à la tête un coup qui
aurait pu le mettre à terre, il résolut de
se détacher et de sortir, quoi qu'il en
dût arriver, de cet embarras, de ce
supplice; il donna à son propre corps une
très violente secousse, et arracha de
force, mais non sans l'avoir fortement
abîmé et écorché, de la bouche de ce
maudit brochet, ce pieu avec lequel Dio-
gène plantait des hommes; puis, criant à
pleins poumons : « Oh! je suis mort! »
son ustensile en main, pleurant toutes
les larmes de son corps, il se mit à fuir
en courant, comme si trente mille paires
de diables l'avaient emporté.

Après avoir encore reçu quelques bons
coups de pierres, il arriva à la maison
presque aussitôt qu'Amerigo, et, désolé
autant qu'on peut l'être, il lui montra ses
plaies, ses blessures. « Hélas! » disait-il,
les larmes aux yeux, « le pauvre petit est
» resté à moitié entre les dents de ce
» maudit chat, il m'a fallu l'en tirer par
» force, sans cela ces coquins m'auraient

» lapidé et j'aurais été encore plus mal
» arrangé que Saint Étienne. » Il se
plaignait en outre de vives douleurs aux
flancs et aux reins.

Quelle était, pendant tout ce récit du
pédant, la joie d'Amerigo et de son ami?
il ne faut pas le demander; cependant
ils cherchèrent à le consoler de leur
mieux, tout en ayant quelquefois bien
de la peine à s'empêcher de rire; puis,
comme il était déjà tard, ils s'en allèrent
au lit, laissant là le précepteur qui n'en
finissait pas de gémir. Il continua jusqu'au jour; dès qu'il fit clair, il s'en alla,
comme un gueux qu'il était, à l'hôpital,
pour ne pas dépenser d'argent; il montra
son mal aux médecins; il leur dit où et
comment cela lui était arrivé, ce qui les
fit rire et les surprit beaucoup; ils eurent
néanmoins grand'pitié de lui, parce qu'ils
jugèrent son mal très grave, et le pédagogue resta là plusieurs jours, n'osant
pas retourner à la maison, pour que la
maîtresse, la mère de ses élèves, ne vît

pas une si vilaine blessure. Mais au bout
de peu de temps, soit qu'il y ait eu de
la part des médecins inadvertance,
manque de soins ou ignorance ; soit que
la blessure ait été trop grave, le peu qui
lui était resté de son bagage pourrit et il
fallut tout couper pour lui sauver la vie ;
l'opération faite, il se rétablit vite, mais
demeura plat comme le creux de la main,
et quand il voulait pisser, il fallait qu'il
se servît d'une sonde de cuivre ; il lui
resta cependant une bourse si grande, si
démesurée, qu'elle aurait pu facilement
servir de couvre-pied à un grand lit.

Quand il voulut rentrer dans la maison
de ses maîtres, la mère de ses élèves
l'accueillit avec des sottises, lui fit son
compte, le paya et le chassa aussitôt,
comme l'avait ordonné Amerigo. Le
pédant perdit courage en se voyant hors
de cette maison dont il s'était cru maître
jusqu'alors et, privé d'une partie si essen-
tielle de lui-même, il résolut de ne plus
vivre dans le monde et se fit ermite.

Amerigo, qui, trois jours après l'horrible accident du pédagogue, s'en était retourné à Lyon, fut tenu au courant de tout par son ami; il s'en réjouit extrêmement, car il lui sembla que le tour préparé par lui avait mieux réussi qu'il n'aurait pu l'espérer; il le raconta mille fois, dans mille endroits différents, et il donna à plus de mille personnes plus d'un millier de fois occasion de bien rire.

TROISIÈME NOUVELLE

—

SCHEGGIA, *avec l'aide de Monaco et de Pilucca, joue un tour à Neri Chiaramontesi, de sorte que celui-ci, désespéré et méconnu, quitte Florence, où il ne revient que dans sa vieillesse.*

 ı la Nouvelle de Ghiacinto avait fait rire la compagnie, celle d'Amaranta la fit rire tout autant ; il se trouva cependant quelqu'un pour plaindre le malheureux pédant et pour trouver qu'Amerigo avait eu la main trop lourde ; après cela, Florido, qui était assis auprès de la dame, dit gaiement et presque en riant : « La Nouvelle qui vient de vous être racontée m'en a remis en mémoire une autre où il s'agit également d'un bon tour fait à quelqu'un

» qui avait coutume d'en jouer aux autres ;
» c'était donc pain bénit. »

Il y avait à Florence, à l'époque de
Scheggia, de Monaco et de Pilucca, qui
étaient camarades et amis intimes, tous
trois farceurs, malins, passés maîtres en
l'art de jouer des farces à autrui, un certain Neri Chiaramontesi, noble et assez à
son aise, mais rusé et madré autant que
n'importe qui dans notre ville. Personne
n'eut jamais autant de plaisir que lui à se
moquer des autres, à rire à leurs dépens.
Il se trouvait quelquefois, souvent même,
à dîner et à souper avec nos trois compagnons chez messire Mario Tornaquinci,
chevalier de l'Éperon d'or, très riche et
très considéré, et il leur avait, à ses jours,
fait un millier de farces et de niches sans
qu'ils eussent jamais trouvé le moyen de
s'en venger ; cela chagrinait surtout
Scheggia, qui roulait constamment dans
sa tête toutes sortes de projets contre lui.
Un jour, notamment, qu'ils étaient le

soir dans la chambre de Tornaquinci à
bavarder autour d'un bon feu, car on
était au cœur de l'hiver, et qu'ils causaient
entre eux de toutes sortes de choses,
Neri dit à Scheggia : « Tiens, voici un
» écu d'or, va trouver la belle Bolonaise »
(c'était alors une courtisane fameuse)
« vêtu comme te voilà, mais teins-toi le
» visage et les mains seulement avec de
» l'encre ou quelque chose de semblable,
» et donne-lui cette paire de gants, sans
» dire un mot. » Scheggia répondit
aussitôt : — « Eh bien, je vous donne
» deux écus à vous, si vous allez armé
» de pied en cap, une serpe sur l'épaule,
» jusqu'à la boutique de Ceccherino le
» mercier. » Cette boutique était alors
en haut de la rue de Vacchereccia, et là
se réunissaient presque tous les jeunes
gens des premières familles et les plus
riches de Florence. — « Volontiers, »
répondit en riant Neri, « donne-moi
» seulement les deux écus. — Je le veux
» bien, » répliqua Scheggia, « mais

» écoutez. Je veux encore que vous vous
» montriez en colère contre toutes les
» personnes qui seront là, que vous fas-
» siez le fier à bras et que vous mena-
» ciez de mettre tout le monde en pièces.
» — Laisse-moi faire, » repartit Neri,
« donne-moi seulement les deux écus. »
Alors Scheggia tira de sa bourse deux
écus neufs et dit : « Les voici, je les
» remets en gage à Tornaquinci ; dès
» que vous aurez fait la besogne, ils seront
» à vous. »

Neri, tout joyeux de penser qu'il allait
tirer deux écus des mains de Scheggia,
ce qui lui faisait plus de plaisir que d'en
enlever dix à un autre, se promettant de
le railler ensuite et de se moquer de lui
tout à son aise, se fit aider pour revêtir
une armure ; il y en avait alors un si
grand nombre dans la maison de Tornaquinci, qu'elles auraient suffi à armer cent
hommes ; c'est que le chevalier était très
grand ami de Laurent le Vieux, de
Médicis, qui gouvernait alors Florence.

Sur ces entrefaites, pendant que Neri s'armait, Scheggia prit à part Monaco et Pilucca, il leur dit ce qu'ils avaient à faire et les fit sortir; puis, tout en babillant avec le chevalier, il resta à regarder armer Neri, qui eut fini juste au moment où deux heures sonnaient. A la fin, il mit son casque, posa la serpe sur son épaule et se dirigea vers la boutique de Cocherino; il était obligé d'aller doucement, tant à cause du poids de ses armes que parce que ses jambiers, un peu longs, l'empêchaient de lever et de plier facilement le pied.

Pendant ce temps, Monaco et Pilucca avaient été faire leur affaire, l'un dans la boutique du mercier, l'autre dans la salle de Grechetto, maître d'armes renommé qui donnait alors des leçons dans la tour voisine du Vieux Marché. Ils affirmèrent sous serment, en présence de tous ceux qui étaient là, que Neri était devenu fou (ainsi le leur avait recommandé Scheggia); qu'il avait voulu chez lui tuer sa mère;

qu'il avait jeté dans un puits tous les
meubles de la maison ; qu'enfin, chez
Tornaquinci, il s'était armé de pied
en cap, avait pris une serpe et mis tout
le monde en fuite. Pilucca, qui avait été
à la salle d'armes, ajoutait que Neri avait
dit à la fin qu'il voulait aller à la boutique de Ceccherino pour le bâtonner de la
bonne façon.

Le plus grand nombre des jeunes gens
qui étaient là partirent pour aller voir
cette fête ; ils n'aimaient guère le mercier, qui était arrogant, présomptueux,
ignorant, lâche, et qui avait la langue la
plus perfide de Florence ; s'il était encore
gourmand et glouton, je n'ai pas besoin
de vous le dire ; avec tout cela cependant sa boutique était toujours pleine de
jeunes gens nobles et distingués, aux
quels Monaco racontait aussi les prouesses
et les folies de Neri. Celui-ci, parti de la
maison du chevalier, située non loin de
Santa Maria Novella, arriva bientôt, en
excitant l'étonnement et les éclats de rire

de tous ceux qui le rencontraient, à la boutique de Ceccherino. A peine arrivé, il poussa avec une extrême violence la porte, qui s'ouvrit, et entra comme un furieux, tout armé comme il l'était. « Ah ! traîtres, vous êtes morts, » s'écria-t-il, et il brandit sa serpe. Sa brusque entrée, ses cris, ses paroles menaçantes, la vue de ses armes et de sa serpe qu'il agitait en tous sens, firent une belle peur à ceux qui se trouvaient là ; et, de fait, l'un se sauva dans le comptoir, un autre se cacha dans l'étalage ; d'autres cherchèrent un refuge sous les bancs, sous la table ; l'un criait, un autre menaçait, un autre appelait à l'aide, un autre encore implorait pitié : c'était le plus beau tumulte du monde.

Scheggia, qui avait toujours suivi Neri sans le quitter d'une semelle, prit sa course, dès qu'il le vit près de la boutique de Ceccherino, et s'en alla en toute hâte à Portorosso où demeurait Agnolo Chiaramontesi, son oncle, fabricant d'é-

toffes de laine, homme âgé, citoyen
considéré et de bonne réputation ; il lui
dit de courir bien vite à la boutique de
Coccherino, le mercier, où Neri, qui avait
perdu la tête et qui était devenu fou, se
trouvait armé de pied en cap, avec une
serpe à la main ; il fallait l'empêcher de
faire quelque grand malheur. Agnolo, qui,
n'ayant pas d'enfants, aimait beaucoup
son neveu, répondit : « Hélas ! que me
» dis-tu là ? — La vérité, » répliqua
Scheggia, et il ajouta : « Vite, vite, venez
» vite ; mais appelez quatre ou six de
» vos ouvriers, les plus robustes, pour
» qu'on le prenne, qu'on le lie, et,
» qu'après l'avoir lié, on le mène chez
» lui ; quand il sera resté pendant trois
» ou quatre jours dans l'obscurité, sans
» que personne lui parle, il retrouvera
» facilement la raison. »

L'autre, qui ne croyait pas qu'on pût
se moquer de lui, et qui n'était pas un
homme à cela, ajouta trop complétement
foi aux paroles de Scheggia ; il appela

aussitôt six hommes, six drousseurs et
batteurs de laine, qu'il choisit parmi les
plus jeunes et les plus vigoureux ; il les
munit de deux paires de cordes et se
rendit avec eux, en courant à perdre
haleine, à la boutique de Ceccherino qui
n'était pas loin. Il y trouva Neri qui avait
fort maltraité tout le monde, et chacun
avait la fièvre de peur d'attraper quelque
bon coup. Neri était tout fier de ses
prouesses ; il remuait ses armes, il faisait
toutes sortes de bravades qu'on n'aurait
pas pardonnées à Bevilacqua (1) lui-
même ; il courait de tous côtés sa serpe
à la main, mais s'arrangeait de manière
à faire plus de peur que de mal. Quand
son oncle, qui l'avait reconnu du dehors
à la voix, fut entré, il lui sauta dessus
aussitôt par derrière, mit la main sur la
serpe et s'écria : « Arrête ! que veux-tu
» donc faire, mon neveu ? » puis, se tour-

---

(1) Bevilacqua était un redoutable et courageux
soldat de cette époque.

nant vers ceux qu'il avait amenés avec
lui : « Allons, vous autres, » leur dit-il,
« enlevez-lui ses armes, couchez-le par
» terre tout de suite et garrottez-le leste-
» ment. » Ils se jetèrent aussitôt sur
Neri, et le prirent qui par les jambes,
qui par les bras, qui par le cou ; en un
instant, ils l'eurent couché sur le pavé,
sans lui laisser le temps de reprendre
haleine. « Traîtres ! » criait-il de toutes
ses forces, « que faites-vous ? je ne suis
» pas fou. » Il eut beau crier à tue-tête,
on lui lia les bras et les jambes, si bien
qu'il ne pouvait pas faire un mouvement ;
puis on alla chercher une échelle et on
l'étendit dessus de tout son long après l'y
avoir lié fortement, afin qu'il ne se jetât
pas à terre.

Scheggia se tenait un peu à l'écart ; en
entendant Neri se plaindre, menacer et
blasphémer comme il le faisait, il était
tellement joyeux qu'il ne tenait pas dans
sa peau. Tous ceux qui s'étaient enfuis
et cachés, entendant et voyant que le fou

était lié, se montraient et le regardaient
de près ; chacun le plaignait ; on ne se
faisait pas faute de témoigner, tant par des
gestes que par des paroles, la compassion
qu'il inspirait. Je vous laisse à penser si
Neri, très fier de sa nature et très emporté,
rongeait son frein ; il ne cessait de crier
et de menacer, et, sans s'en apercevoir,
il faisait ce qu'il y avait de pis pour lui.
Agnolo fit prendre l'échelle par ses gens,
jeta un manteau sur son neveu et le fit
emporter au logis. Monaco y avait été en
courant ; il avait instruit de tout la mère
de Néri, qui l'avait reçu en pleurant ;
l'oncle et la mère firent mettre le fou
dans une grande chambre, sur le lit, garrotté comme il était, et l'y laissèrent
jusqu'au matin sans lui parler et sans lui
rien donner ; ils voulaient, après cela,
faire venir le médecin et se conduire
selon les circonstances. Tout fut ainsi
réglé d'après les conseils de Scheggia ;
après quoi chacun se retira.

Cependant, le bruit de cette aventure

s'était répandu dans tout Florence ;
Scheggia et ses compagnons, tout joyeux,
s'en allèrent trouver Tornaquinci et lüi
racontèrent ce qui s'était passé ; il en
fut enchanté et en éprouva une joie très
grande. Comme il était quatre heures
sonnées, ils se mirent à souper avec lui,
heureux d'être débarrassés de cet homme
qui leur cassait la tête. Resté seul, dans
l'obscurité, et lié sur un lit comme s'il
était fou, le malencontreux Neri, **auquel**
on avait enlevé son casque et ses jam-
bières, et qui n'en était pas moins très
bien couvert, resta longtemps tranquille,
et, après avoir bien réfléchi, bien pensé à
tout ce qui lui était arrivé, il demeura
persuadé que c'était Scheggia qui l'avait
réduit à cette extrémité, qui l'avait fait
passer pour fou aux yeux de son oncle,
de sa mère et de tout Florence ; cela lui
fit tant de chagrin, le désespéra tellement,
que, s'il eût été libre, il n'aurait pas
manqué de faire grand mal à lui-même
ou aux autres.

Il resta là jusqu'à minuit, sans dormir, enragé de colère ; puis il éprouva les tourments de la faim et de la soif, et se mit à crier à gorge déployée, appelant tantôt sa mère, tantôt la servante, pour qu'on lui portât à manger et à boire ; mais il eut beau s'égosiller, elles firent toujours semblant de ne pas l'entendre. Puis le matin, à deux heures de jour ou environ, son oncle vint le voir en compagnie d'un de ses cousins germains, religieux de Saint-Marc, et de deux médecins, alors les premiers de la ville. On ouvrit la porte ; la mère portait une lumière à la main ; et on trouva Neri là où on l'avait laissé le soir ; mais il était si épuisé d'avoir tant crié, de n'avoir ni mangé, ni bu, ni dormi, il se trouvait si affaibli, qu'il était devenu doux comme un petit agneau.

. Quand on arriva, il leva la tête, salua tout le monde avec affabilité, et demanda ensuite qu'on voulût bien l'écouter sans l'interrompre et entendre ce qu'il avait à dire : il ne serait pas long. Agnolo et les

autres lui répondirent avec courtoisie
qu'il pouvait dire tout ce qu'il voudrait, et
il se mit à parler. Il prit les choses par
le commencement, et raconta de point
en point tout ce qui s'était passé, affir-
mant que Scheggia l'avait trahi, l'avait
fait passer pour fou et lier comme tel ;
puis il ajouta : « Si vous voulez en avoir
» la preuve, allez ici à côté, à la maison
» du chevalier Tornaquinci, notre voisin,
» et vous verrez qu'il a encore les deux
» écus en dépôt. »

L'oncle et les médecins, l'entendant
parler avec tant de bon sens, et exposer
si bien ses affaires, jugèrent qu'il disait
la vérité, car ils savaient très bien ce que
c'était que Scheggia. Cependant, pour
s'en assurer mieux encore, Agnolo, le
frère et un des médecins s'en allèrent chez
le chevalier, et ils trouvèrent que tout
ce qu'avait dit Neri était vrai ; messer
Mario ajouta que Scheggia et ses amis
avaient soupé chez lui et qu'ils ne s'étaient
pas fait faute de rire de cette aventure.

Ils rentrèrent tout de suite, l'oncle était tout confus ; il délia et désarma de sa main son neveu et lui demanda pardon, rejetant tout le mal sur Scheggia, contre lequel il manifesta une grande colère, une indignation sans bornes.

Neri, désolé outre mesure, fit vite allumer un grand feu ; il remercia et congédia tous ceux qui étaient là, se fit apporter à manger, et, quand il eut pris une bonne collation, se mit au lit pour se reposer ; il en avait grand besoin.

Déjà tout le monde savait à Florence, soit par les trois amis, soit par les médecins, tout le détail de cette histoire ; elle finit par arriver aux oreilles de Laurent le Magnifique, qui fit appeler Scheggia et se fit tout raconter ; à cette nouvelle, Neri eut un tel désespoir qu'il éprouva une violente tentation de donner à un des trois amis, et surtout à Scheggia, une volée de coups de bâton à nulle autre pareille, et de s'en venger ainsi. Mais il réfléchit qu'il leur avait fait à eux et à d'au-

tres bien des tours, que sa vengeance
pourrait lui occasionner à lui-même honte
et préjudice, et il résolut de s'en tirer d'une
autre façon. Sans rien dire à âme qui vive,
sauf à sa mère, il s'en alla à Rome et de
là à Naples, où il se plaça comme écri-
vain sur un bateau, dont il devint pro-
priétaire avec le temps. Jamais il ne
revint à Florence que dans sa vieillesse,
quand son aventure était oubliée.

Scheggia rentra chez le chevalier en
possession de ses deux écus ; il ne pensa
plus qu'à se donner du bon temps avec
ses amis ; il était surtout joyeux de s'être
à jamais débarrassé de ce Neri.

QUATRIÈME NOUVELLE (1).

—

GIANNETTO DELLA TORRE *fait échec, par des propos spirituels, à la vanité d'un présomptueux ; il lui rabat le caquet et trouve le moyen de s'en débarrasser et d'en délivrer ses amis.*

 USSITÔT que Florido eut cessé de parler et achevé son histoire, qui fit bien rire et que tout le monde applaudit, Galatea, non moins belle et gracieuse qu'aimable et distinguée, prit la parole et dit d'un air enjoué : « Charmantes dames, » et vous, braves jeunes gens, puisque mon

(1) Cette Nouvelle est une amplification du Conte CIII de Pogge : *De quodam sene barbato.*

» tour est venu de vous raconter une Nouvelle,
» je profiterai de l occasion que m'offrent les
» deux histoires que vous venez d'entendre,
» pour vous en dire aussi une bonne; mais elle
» sera moins violente que la première et moins
» brutale que la seconde; on n'y trouvera que
» des propos malins et des rires, dont le but
» sera de montrer ses défauts à un présomp-
» tueux, de les lui faire toucher du doigt. »
Et elle continua en ces termes :

Les ivrognes, les gourmands, les piliers
de cabaret, tous ceux enfin qui ne pen-
sent à autre chose qu'à se remplir le ventre, qui font profession d'être grands
connaisseurs en vins et de savoir distinguer les bons morceaux, sont pour la
plupart, comme vous devez le savoir, des
gens pauvres et menant une vie assez
déréglée ; car en restant tout le jour au
cabaret, ils dévoreraient mille fortunes :
aussi sont-ils presque tous ruinés et faillis,
et n'ont-ils dès le commencement de
l'année à donner en gage qu'un florin

pour dix livres (1). Quand des gens de
cette sorte se trouvent ensemble, ce qui
se voit souvent, devant une bonne table,
à boire, à manger, à faire bonne chère,
il leur arrive, pour avoir bu et mangé
trop ou trop vite, de lâcher des vents par
en haut ou par en bas, sans se gêner le
moins du monde ; ils ont un proverbe ou
un dicton qu'ils répètent sans cesse alors :
A la barbe de celui qui ne doit rien ! bien
sûr ainsi de n'offenser aucun des leurs, ni
même personne autour d'eux.

Je vous dirai à ce propos qu'il y avait
autrefois dans notre ville une société de
jeunes gens nobles, riches, bien élevés,
qui avaient l'habitude de souper souvent
entre eux en gaie compagnie, tantôt chez
l'un, tantôt chez l'autre, plutôt pour le
plaisir d'être ensemble et de causer que
dans le but de se remplir le ventre de
vins excellents et de mets délicieux ; je

---

(1) Le florin de Florence ne valait guère plus
d'un franc.

ne veux pas dire par là qu'ils ne se trai-
taient pas convenablement et selon leur
condition. Ils étaient en nombre tel, que,
chacun régalant à son tour, toute la
semaine était employée. On recommen-
çait ensuite, et cela continuait toujours
ainsi ; celui qui donnait le souper pouvait amener avec lui qui bon lui semblait,
les autres devaient venir seuls. Il arriva
qu'un jeune homme, nommé Dionigi,
ami de tous, ayant été une fois invité, ne
manqua pas de se présenter à tous les
repas, bien qu'il ne fût plus prié par
personne ; c'était l'être le plus ignorant
et le plus présomptueux de Florence : il
n'avait jamais à la bouche que les propos
les plus saugrenus ; orgueilleux et sot, il
le prenait de haut avec ses compagnons
et ne trouvait jamais à dire que ceci :
« C'est seulement quand on n'a pas de
» dettes qu'on est heureux ; il ne peut
» pas y avoir de plus grand plaisir, de plus
» grande joie ; je remercie Dieu de n'a-
» voir pas au monde une seule dette, de

» n'en avoir jamais eu et de n'avoir
» jamais eu l'intention d'en faire ; » et
chaque fois qu'on se retrouvait ensemble,
il entamait un interminable discours sur
son bonheur de n'avoir pas de dettes ; ce
qui finit par tant fatiguer ses compagnons,
qu'ils le prirent tous en haine et qu'ils en
éprouvaient plus d'ennui que s'ils avaient
eu la migraine. Cependant, comme c'était
le fils d'un personnage important et alors
fort bien posé, personne n'osait lui rien
dire ouvertement ; on lui lançait une foule
de lardons, on ne lui épargnait pas les
contradictions, mais il ne comprenait pas
ou faisait semblant de ne pas comprendre,
et il continuait son manége ; tout le
monde en était fâché, mécontent ; on
espérait qu'il finirait par sentir qu'il était
importun et débarrasserait la société de
sa présence.

Un jour que c'était le tour d'un jeune
homme malin et facétieux, qui se faisait
appeler Giannetto della Torre, de jouer
le rôle d'amphitryon, il résolut de se

débarrasser à tout prix de l'ennuyeux
parasite. Après avoir bien réfléchi à ce
qu'il voulait faire pour cela, il alla trouver
un de ses camarades; il causa avec lui,
le pria de l'aider, et lui expliqua ce qu'il
aurait à faire et à dire. L'heure du repas
arrivé, les jeunes gens se réunirent à l'endroit convenu; on était au moment de
se mettre à table, lorsqu'on vit venir selon
sa coutume le bon Dionigi, qui n'avait
pas été invité; il se montra arrogant,
comme s'il eût été le maître de tous les
convives, interrompant toutes les con-
versations et bavardant tout seul pour son
compte. Dès que les mets furent prêts,
Giannetto fit donner de l'eau pour les
mains et Dionigi fut le premier à se mettre
à table; il se plaça juste en face la porte
d'un jardin d'où venait un air toujours
frais, afin que cette sensation de fraîcheur
tempérât quelque peu pour lui l'extrême
chaleur : on était alors au plus fort de l'été.
Dionigi était fort joli garçon et il avait
une des barbes les plus belles, les plus

fournies, les mieux soignées qu'il y eût
non seulement à Florence, mais même
dans toute la Toscane, et cette barbe
était très longue.

Tous les autres finirent par prendre
leur place à table. On se mit à manger du
melon ; Dionigi en prit une tranche et
but un coup. Mais il n'aimait pas beaucoup le melon ; aussi commença-t-il à
entamer son sujet ordinaire : Quel bonheur de ne pas avoir et de n'avoir jamais
eu de dettes ! et il allait s'étendre là-dessus,
quand Giannetto, après avoir prévenu de
l'œil son complice, se boucha le nez en
même temps que lui. Justement Dionigi
était entre eux deux ; l'un se mit à dire :
« Quelle mauvaise odeur je sens ! —
» C'est l'odeur la plus infecte qu'on ait
» jamais sentie, » répondit l'autre ; « l'a-
» battoir qui est là, derrière le Vieux
» Marché, ne pue pas comme cela.»

Les convives étaient fort étonnés ; ils
ne sentaient aucune odeur extraordinaire ;
ils se regardaient l'un l'autre, tout ahuris,

ne sachant à quoi tout cela aboutirait,
quand Dionigi, irrité de voir ses deux
voisins se boucher le nez et le regarder
en dessous, s'écria : « Est-ce que c'est
» moi qui pue par hasard ? Qu'avez-vous
» à me regarder comme cela ? — Si je
» ne craignais de vous fâcher, » répondit
Giannetto, « je vous dirais, avec la per-
» mission de nos bons amis, la cause de
» cette mauvaise odeur. » Alors Dionigi,
qui passait toute la journée à courtiser
les dames, et qui était, comme il convient
en pareil cas, propre, soigné, élégant,
couvert de parfums, répliqua : «—Parle,
» parle sans crainte, que rien ne t'arrête.
» — Je vais le faire, » reprit Giannetto,
« puisque cela vous plaît ainsi ; » et il
continua : « C'est cette barbe qui pue
» tant et qui est une vraie pourriture. —
» Pourquoi cela ? » s'écria Dionigi,
« qu'est-ce que cela veut dire ? —
» Écoutez-moi, et vous le compren-
» drez, » répondit Giannetto; « tous ces
» gens qui fréquentent les cabarets,

» qui y sont continuellement à boire et
» à manger, sont les hommes les plus
» sales, les plus incommodes, les plus
» dégoûtants, et, sauf le respect que je
» dois à mes convives, ils ne se font pas
» faute de laisser aller par en haut et par
» en bas ; même ils font tout ce qu'ils peu-
» vent pour lâcher des rots et des pets, et,
» quand c'est parti, ils disent presque
» toujours : *A la barbe de celui qui ne*
» *doit rien !* Or, vous n'avez pas de dettes,
» vous nous l'avez dit vous-même, vous
» n'en avez jamais eu, et je crois que
» vous êtes le seul de votre espèce à
» Florence ; d'un autre côté, vous avez
» une belle barbe bien fournie ; toutes
» leurs incongruités vous arrivent, elles
» se campent dans votre barbe et s'y
» fourrent si bien, que vous n'avez pas
» un poil qui n'ait son rot ou son pet ;
» voilà pourquoi cette barbe sent le
» vomissement et la merde si fort qu'on
» ne peut en approcher ; ne vous étonnez
» donc pas si nous nous bouchons le nez ;

» vous feriez vraiment bien, autant pour
» votre honneur que pour notre agré-
» ment, de ne plus venir à nos repas, à
» moins de vous y présenter ou rasé ou
» endetté. »

Dès qu'il eut finit de parler, les rires
éclatèrent avec tant de violence, que plus
d'un convive dut se lever de table et se
déboutonner ; il y en eut plusieurs auxquels les larmes en vinrent aux yeux,
surtout quand ils virent Dionigi faire une
mine d'ours et ne pouvoir parler, tant il
avait de colère, tant il enrageait.

On ne cessait pas de rire ; alors Dionigi, tout abasourdi, se leva de table bien
doucement, prit sa cape, et s'en alla
furieux, sans rien dire à personne, avant
même qu'on eût servi la salade. Sa colère,
sa rancune, furent telles, qu'il ne voulut
jamais plus depuis lors se trouver avec
ses anciens convives, et ne parla jamais à
aucun d'eux, surtout à Giannetto.

Les jeunes gens achevèrent joyeuse-
ment leur repas, en riant à gorge déployée;

après avoir causé fort agréablement, ils
s'en retournèrent chez eux, heureux et
contents que Giannetto, avec sa bonne
plaisanterie et sa maligne invention, eût
trouvé le moyen de railler et de bafouer
gentiment l'ignorance et la vanité de
Dionigi, surtout qu'il eût réussi à les
débarrasser de lui et de ses insipides
discours.

CINQUIÈME NOUVELLE

—

GUGLIELMO GRIMALDI *est blessé pendant la nuit; il se réfugie dans la maison de Fazio, orfèvre, et y meurt. Fazio, après lui avoir volé méchamment une grosse somme d'argent, l'enterre secrètement, et, comme il était aussi alchimiste, il feint d'avoir fabriqué de l'argent, avec lequel il part pour la France; puis, faisant semblant d'y avoir vendu cet argent, il rentre richissime à Pise; sa femme le dénonce par jalousie, il perd la vie, elle tue ses fils et se tue elle-même.*

ARVENUE à la fin de sa courte histoire, qui avait amusé tout le monde et avait été comblée d'éloges, Galatea s'était à peine tue, que Leandro, tournant les yeux tout à la ronde et regardant doucement la joyeuse compagnie, se prit à

dire : « Aimables jeunes filles, et vous,
» jeunes gens amoureux, puisque le ciel
» a voulu peut-être que mon nom d'em-
» prunt me présente, bien malgré moi,
» comme le souvenir vivant des malheurs
» et des infortunes d'un autre, dont vous
» savez quel fut le triste sort, quand il
» cherchait à gagner à la nage la demeure
» de sa bien-aimée (telle est au moins la tra-
» dition), je vais vous dire un triste et
» déplorable évènement, vraiment bien digne
» de faire couler vos larmes ; un évène-
» ment terrible, effrayant, tel qu'il n'en est
» peut-être jamais arrivé de semblable ; non,
» rien de pareil n'est arrivé ni en Grèce, ni
» à Rome, ni à des personnes de haute
» naissance ou de race royale ; pourtant
» tout s'est bien passé comme vous allez
» l'entendre, et vous verrez que la rage
» sanguinaire se trouve aussi bien dans les
» maisons humbles et vulgaires que dans
» les palais magnifiques et sous les lambris
» dorés ; une femme, encore qu'elle ne fût
» ni impératrice, ni reine, ni princesse, a été
» cause de la mort cruelle et sanglante de
» son mari, de ses fils et d'elle-même ;

» écoutez-moi donc. » Et il parla en ces
termes :

On lit dans l'histoire de Pise que
Guglielmo Grimaldi, chassé de Gênes
par le parti opposé au sien, vint autrefois habiter cette ville. C'était un jeune
homme de vingt-deux ans, qui n'avait
pas beaucoup d'argent; il loua une petite
maison, vécut pauvrement et se mit à
prêter à usure; ce commerce lui rap-
porta beaucoup, et, comme il dépensait
peu, il devint vite riche; continuant ce
métier, il finit par acquérir une grande
fortune : plus il avait d'argent, plus il
avait envie d'en gagner. Devenu vieux,
il avait des milliers de florins, mais il
n'avait pas changé de maison et il demeurait seul par économie; il s'occupait à garder lui-même son argent avec
un soin infini, ne se fiant à personne et
l'aimant à ce point qu'il n'aurait pas
donné un écu pour faire revenir un
homme de la mort à la vie; aussi était-il

mal vu et détesté de toute la ville de
Pise.

Comme Guglielmo menait cette vie,
advint qu'un soir, après avoir soupé
avec quelques-uns de ses amis, rentrant
chez lui par une nuit obscure, il fut,
exprès ou par méprise, attaqué et frappé
d'un coup de poignard sous le sein
gauche; le pauvre diable, se sentant
blessé, se sauva. A ce moment, le temps
devint mauvais et il se mit à pleuvoir à
flots. Quand notre homme eut couru
pendant une bonne portée d'arbalète, il
était trempé; ayant aperçu une porte
ouverte et, à l'intérieur, un beau feu
qui flambait, il entra dans la maison :
c'était la demeure d'un certain Fazio,
orfèvre, qui s'adonnait depuis peu à
l'alchimie et qui y avait déjà mangé une
bonne partie de ce qu'il avait, en cherchant à faire de l'argent fin avec du
plomb et de l'étain. Ce soir-là même
il avait allumé un feu énorme, il faisait
fondre des métaux, et, comme la chaleur

était excessive (on était au cœur de l'été),
il laissait la porte ouverte.

Au bruit des pas de Guglielmo, il se
retourna, le reconnut et lui dit : « Que
» faites-vous ici à cette heure, Guglielmo,
» et par ce temps affreux ? — « Hélas ! »
répondit l'autre, « cela va mal, j'ai été
» attaqué et blessé, je ne sais par qui ni
» pourquoi. » Prononcer ces paroles,
s'asseoir et passer de vie à trépas, fut
pour Guglielmo l'affaire d'un instant.

Fazio, le voyant tomber, fut aussi
effrayé que surpris ; il se mit à le déboutonner, à le soulever, à l'appeler par
son nom, croyant que c'était un éva-
nouissement. Mais quand il vit que le
pauvre diable ne faisait plus un mouvement, que son pouls ne battait plus ;
quand il découvrit sa blessure à la poitrine, d'où, par malheur, le sang n'avait
presque pas coulé, il se tint pour assuré
que Guglielmo était mort, comme il
l'était en effet, et il courut aussitôt, tout
plein d'effroi, à sa porte pour appeler ses

voisins ; il se trouvait ce jour-là par hasard seul chez lui, parce que sa femme était allée, avec ses deux fils jumeaux de cinq ans à peu près, voire son père qui était sur le point de mourir. Mais il pleuvait à verse, et le tonnerre faisait rage ; il n'y avait pas un chat dehors ; Fazio vit qu'on ne l'entendrait pas et il rentra. Alors, sûr que personne n'avait vu entrer chez lui Grimaldi, il changea d'avis et ferma sa porte. Rentré dans sa maison, il commença par fouiller la bourse du mort pour voir ce qu'elle renfermait d'argent ; il y trouva quatre livres de monnaie, et, parmi beaucoup d'objets de très peu de valeur, un gros trousseau de clefs. Il se dit que ces clefs devaient ouvrir la porte de la rue et ensuite toutes les chambres, les armoires et les coffres de la maison de Guglielmo qui, d'après la rumeur publique, était très riche, surtout en argent comptant qu'il gardait près de lui. Tout en raisonnant là-dessus et en y réfléchissant, il lui vint à l'esprit

(c'était un homme fin et délié) de faire
le plus beau coup de sa vie, et il se dit
à lui-même : « Hé ! pourquoi n'irais-je
» pas, tout de suite, avec ces clefs dans
» la maison de cet homme où je suis
» sûr de ne trouver âme qui vive ?
» Qui m'empêchera de prendre tout
» son argent et de l'apporter tranquille-
» ment ici, chez moi ? Il pleut, par
» bonheur pour moi, il pleut même à
» torrents ; ainsi je ne trouverai per-
» sonne sur mon chemin ; sans compter
» qu'il est déjà minuit passé, que chacun
» se tient enfermé, à couvert, et dort
» dans les chambres les plus reculées de
» la maison. Je suis seul ici ; celui qui a
» frappé Guglielmo a dû se sauver, aus-
» sitôt après avoir fait le coup, et se
» cacher ; bien sûr il ne l'aura pas vu
» entrer ici ; si je sais me taire et ne
» jamais parler de cela à personne au
» monde, qui pourra jamais penser que
» Guglielmo Grimaldi est entré ici
» blessé et qu'il y est mort de sa bles-

» sure ? C'est pour mon bien que notre
» Seigneur Dieu me l'a envoyé. D'ail-
» leurs, si je contais la chose telle qu'elle
» s'est passée, qui sait si on me croi-
» rait ? On penserait peut-être que je l'ai
» tué pour le voler, et qu'après cela le
» cœur m'a manqué. Qui m'assure
» qu'on ne me prendra pas, qu'on ne
» me mettra pas à la torture ? et com-
» ment pourrai-je me justifier ? Les gens
» qui rendent la justice sont très durs,
» je pourrais bien recevoir l'estrapade,
» peut-être pis encore. Que faire donc ?
» en somme, il vaut mieux se décider à
» tenter la fortune qui, dit-on, favorise
» les audacieux, et voir si je pourrai
» enfin sortir de mes embarras.

Cela dit, il se mit sur le dos un bon
manteau de feutre, et sur la tête un large
chapeau; il cacha les clefs dans sa poitrine, prit une lanterne à la main, et
sans crainte de la pluie, du tonnerre et
des éclairs, il partit et parvint en peu de
temps à la maison de Guglielmo, qui

n'était pas bien loin ; avec les deux plus
grosses clefs, il ouvrit la porte et vola
vers la chambre qu'il ouvrit aussi ; puis
il alla droit à un grand coffre auquel il
essaya tant de clefs, qu'il en vint à bout ;
il vit dedans deux cassettes, qu'il eut
beaucoup de peine à ouvrir ; l'une était
pleine de bijoux d'or : anneaux, chaînes,
bracelets, pierres précieuses, perles de
très grande valeur ; dans l'autre, il y
avait quatre sacs pleins de ducats d'or
de bon poids, sur chacun desquels était
cousue une étiquette où on lisait : *Trois
mille écus d'or bien comptés.*

Fazio, joyeux et empressé, s'empara
de cette cassette-là seulement : il craignait
sans doute qu'on ne reconnût un jour ou
l'autre entre ses mains les bijoux et les
pierres précieuses. Il laissa donc tout le
reste en place, referma les portes, remit
tout en ordre, comme il l'avait trouvé,
sortit de la maison les clefs à la ceinture,
la cassette sur sa tête, et rentra chez lui
sans avoir été vu de personne. L'affaire

lui avait réussi à merveille, grâce au temps le plus mauvais qu'on eût vu de l'année : il ne cessait de tomber de l'eau comme si on l'avait versée, les coups de tonnerre étaient violents et accompagnés d'éclairs.

La première chose que fit Fazio, quand il se trouva en sûreté chez lui, fut de mettre la cassette dans sa chambre; puis il se changea des pieds à la tête, et, comme il était vigoureux et robuste, il enleva le cadavre et le porta à la cave. Là, il creusa la terre avec des instruments à cet usage et fit une fosse de quatre brasses de profondeur, trois de longueur et deux de largeur; il y coucha Gugliemo, vêtu comme il était, avec ses clefs, et la remplit avec la terre qui en provenait, qu'il tassa et égalisa avec beaucoup de soin; puis, il mit dessus quelques décombres qui étaient là dans un coin, de sorte que cet endroit semblait n'avoir jamais été fouillé.

Cela fait, il retourna dans sa chambre,

ouvrit la cassette, vida sur une table un
des sacs, et s'assura que le contenu était
tout en ducats d'or; il en fut ébloui. Il
regarda encore les autres sacs, les pesa,
et vit qu'il y avait bien, comme le disaient
les étiquettes, trois mille ducats dans
chacun d'eux; alors, plein de joie et
d'allégresse, il les lia de nouveau avec
beaucoup de soin, les plaça dans une
armoire de son cabinet et les enferma;
il mit la cassette sur le feu et ne quitta
la place qu'elle ne fût réduite en cendres;
enfin, laissant là ses fourneaux, son plomb
et son étain, il alla se coucher. La pluie
avait cessé, le jour commençait à paraître;
pour se rattraper, Fazio dormit presque
jusqu'au soir.

Aussitôt levé, il s'en alla sur la place
et dans les endroits publics, pour voir s'il
n'entendrait pas parler de Grimaldi dans
les lieux consacrés aux affaires; il n'en
entendit dire un mot ni le premier jour,
ni le second; mais le troisième, comme
Grimaldi ne paraissait toujours pas, on

se mit à parler de lui, et à dire, en voyant
chez lui portes et fenêtres closes, que
sans doute il lui était arrivé quelque malheur. Ses amis, ceux avec lesquels il
avait soupé pour la dernière fois, disaient
bien ce qui s'était passé jusqu'au moment où il les avait quittés ; mais, après
cela, on ne savait plus ni ce qu'il avait
fait, ni ce qu'il était devenu.

Enfin, Guglielmo ne reparaissant pas,
le Tribunal pensa qu'il était mort chez
lui et fit ouvrir de force par des agents
la porte de sa maison. On entra, et l'on
trouva tout en ordre, mais toujours pas
de Guglielmo. On en fut très surpris ;
des témoins furent appelés et, en leur
présence, toutes les portes, toutes les
armoires, tous les coffres furent ouverts
par des serruriers, car on n'avait mis la
main sur aucune clef. On dressa inventaire
de tout ce qui existait dans la maison,
excepté de la cassette et des registres,
qui furent portés au Tribunal et placés
sous bonne garde. Puis on publia des

1   8

édits très pressants, qui promettaient une grosse récompense à qui donnerait des nouvelles de Grimaldi, mort ou vif.

Mais tout cela fut inutile, on n'en eut aucune nouvelle ; de sorte qu'au bout de trois mois, personne ne l'ayant vu et ses parents n'ayant pu venir à cause de la guerre terrible que se faisaient alors les Génois et les Pisans, le Tribunal s'appropria tout ce qui avait appartenu à Gugliemo ; tout le monde était très étonné qu'on n'eût pas trouvé d'argent ; les uns se figuraient qu'il était parti en l'emportant ; d'autres qu'il l'avait enterré ou caché dans quelque endroit secret ; d'autres enfin, et en grand nombre, que le Tribunal n'avait pas voulu en parler.

Pendant tout ce temps, Fazio était resté fort tranquille ; il voyait que tout allait de mieux en mieux et il était fort joyeux ; depuis longtemps sa femme était rentrée à la maison avec ses fils, il ne lui avait pas dit un mot de l'aventure

et il avait l'intention de continuer à garder le secret, ce qui eût été bien heureux
pour lui; car pour n'avoir pas persévéré,
il amena sa mort à lui-même, celle de
sa femme et de ses fils.

L'affaire de Guglielmo commençait à
s'oublier; on n'en parlait plus ; alors
Fazio raconta qu'il avait fait plusieurs
lingots d'argent et qu'il voulait aller les
vendre en France; on se moquait de lui,
on savait que deux fois déjà, il avait
perdu sa peine et qu'il avait inutilement
dépensé son temps, son travail et son
argent, parce qu'il n'avait pas la moindre
notion de l'art de l'alchimiste; ses amis,
ses parents surtout, cherchaient à le dis-
suader de ce voyage ; ils lui disaient de
faire sur place l'épreuve de ses lingots ;
que, s'il réussissait, il les vendrait à Pise
aussi bien qu'à Paris ; que, s'il ne réussissait pas, comme ils le pensaient, il
n'aurait à supporter ni la fatigue, ni les
frais de voyage. Mais tout cela ne servait à rien : Fazio voulait absolument

partir ; il savait cette fois, disait-il, que
son argent était excellent ; il fit semblant
de manquer des moyens de faire la route
et emprunta cent ducats sur un petit
bien qu'il avait, car il lui en fallait cinquante à lui et il voulait en laisser cinquante à sa femme pour vivre jusqu'à
son retour. Tout en laissant dire tout le
monde, il s'était déjà arrangé avec le
patron d'un navire qui allait faire route
pour Marseille.

La femme, apprenant cette détermi-
nation, commence à crier et à se lamenter : « Ainsi, mon mari », lui dit-
elle, « vous allez me laisser seule comme
» cela avec deux enfants ? et vous irez
» manger le peu qui nous reste, afin
» que, vos fils et moi, nous mourions de
» faim ? Maudite soit l'alchimie et celui
» qui vous l'a mise en tête ! Que nous
» étions plus heureux quand vous vous
» occupiez de votre métier d'orfèvre et
» que vous travailliez ! »

Fazio cherchait à la consoler et à la

rassurer, il lui promettait monts et merveilles à son retour. — « Mais », lui
répondait-elle, « si cet argent est fin et
» bon, il le sera ici comme en France,
» et vous le vendrez au même prix ; si
» vous vous en allez, c'est pour ne plus
» jamais revenir ; quand ces cinquante
» ducats que vous me laissez seront
» dépensés, il me faudra donc aller em-
» prunter avec mes pauvres petits en-
» fants ? » Et elle ne faisait, jour et nuit,
que se plaindre et se désoler ; alors
Fazio qui la chérissait, qui l'aimait comme
ses yeux, comme sa vie, la prit en pitié,
en eut compassion, de sorte qu'un jour,
après dîner, il l'appela seule dans sa
chambre et que, pour l'égayer et la rassurer, il lui raconta tout par le menu, et
notamment le cas de Guglielmo ; puis,
il la prit par la main, la mena dans son
cabinet et lui fit voir tous ces sacs, tout
pleins de pièces d'or. Quels furent l'étonnement et la joie de la dame, il ne faut
pas songer à l'exprimer avec des mots,

car on ne saurait même se le figurer par
la pensée; elle montra combien elle était
heureuse en baisant et en embrassant un
millier de fois son cher époux, qui lui
fit comprendre, par de longues explica-
tions, combien le silence était néces-
saire; il lui dit ensuite ce qu'il comptait
faire, et lui dépeignit la vie heureuse et
aisée qu'il voulait organiser à son retour;
tout cela plut extrêmement à la dame,
qui ne s'opposa plus à son départ, à
condition qu'il reviendrait le plus tôt
possible.

Fazio convint de tout avec sa chère
Pippa; puis, le lendemain matin, il fit
faire une bonne caisse toute neuve, bien
solide, avec deux fortes serrures; au
fond, il mit trois de ses bienheureux
sacs; il en laissait, à tout hasard, un à
sa femme pour parer à tout ce qui pourrait arriver; par-dessus, il plaça douze ou
quatorze lingots de son mélange de
plomb, d'étain, de vif-argent et d'autres
métaux, et il fit porter la caisse à bord,

contre le gré de son beau-père, de ses
autres parents, de tous ses amis et même
de sa femme qui faisait mine de le suivre
en pleurant; la ville de Pise tout entière
se riait et se gaussait de lui; et les gens
qui rendaient justice à son intelligence
pensaient qu'il s'était, comme tant d'autres, laissé prendre à cette maudite folie
de l'alchimie.

Le navire mit les voiles au vent, qui
était favorable, et prit la mer. Pippa, tout
en ayant l'air d'être fort triste, s'occupait
de conduire sa maison et de diriger ses
fils. Le navire arriva à Marseille dans les
délais convenus, Fazio y jeta à l'eau tous
ses lingots d'alchimiste, et, après avoir
débarqué, il s'en alla, par la voiture, avec
sa cassette à Lyon, où il resta quelques
jours; là, il prit ses sacs d'or, se rendit
à une des premières banques de la ville,
et se fit donner, à la place de ses beaux
deniers comptant, deux lettres de change
sur Pise, une sur les Lanfranchi, une
autre sur les Gualandi; il écrivit à sa

femme ce qui lui était arrivé et la prévint, qu'ayant vendu son argent, il ne
tarderait pas à revenir riche à Pise;
Pippa fit lire cette lettre d'abord à son
père, puis à tous les parents et à tous
les amis de Fazio, qui furent tous fort
étonnés et qui, presque tous, n'en crurent pas un mot; ils s'attendaient à tout
le contraire.

Peu de temps après, Fazio partit de
Lyon avec ses lettres de change et s'en
vint à Marseille; il prit passage sur un
navire de Biscaye chargé de grains qui
le mena à Livourne, d'où il gagna Pise.
Il alla, avant tout, voir sa femme et ses
fils; plein de joie et d'allégresse, il baisait, il embrassait tous ceux qu'il ren-
contrait dans la rue; il leur disait que,
grâce à la protection de Dieu, il était
revenu riche, qu'on avait trouvé son
argent au plus haut titre et défiant toute
comparaison. Il s'en alla, avec ses lettres
de change, à la banque des Gualandi et
des Lanfranchi, où on lui compta neuf

mille ducats d'or qu'il se fit apporter chez lui, à l'extrême surprise et à la grande joie de ses parents et de ses amis, qui ne cessaient de le combler d'éloges, de lui faire fête et de vanter son mérite.

Fazio, se voyant aussi riche qu'il le désirait, et persuadé que tout Pise croyait qu'il devait sa fortune à l'alchimie, voulut en jouir et se mettre à la dépense ; il commença par dégager son petit bien, puis acheta une très belle maison, en face de la sienne, et quatre des plus belles propriétés qu'il y eût dans la campagne de Pise. Il fit encore l'acquisition de charges à Rome pour deux mille écus, et en plaça deux mille à dix pour cent dans un comptoir de commerce, de sorte qu'il avait le train d'un prince. Il demeurait dans sa nouvelle habitation, où il avait deux servantes, deux valets, et deux chevaux à l'écurie, un pour lui, un pour sa femme. Ses fils étaient très richement vêtus, et il menait avec sa chère Pippa une vie tranquille et gaie.

Pippa, qui n'était pas habituée à tant
d'aisance, à tant de luxe, était très fière
de sa condition nouvelle ; elle voulut
prendre chez elle une vieille femme de
sa connaissance avec sa fille, qui avait
seize ou dix-sept ans et qui était belle à
merveille. Elle fit tant que Fazio y con-
sentit ; elle lui avait dit que la jeune fille
s'emploierait à tailler, à préparer et à
coudre des chemises et des bonnets, que
c'était ce qu'il lui fallait pour sa maison ;
et elle continuait à vivre, contente et
joyeuse, dans une douce paix, avec son
mari et ses enfants.

Mais la fortune jalouse, qui n'aime pas
à voir le bonheur dans ce monde, s'arrangea de telle sorte que la joie se changea bien vite en chagrin, la satisfaction
en amertume, les rires en pleurs ; car
Fazio se mit à aimer du plus ardent
amour la Maddalena (ainsi se nommait
la fille de la vieille) ; il chercha par tous
les moyens possibles à en venir à ses
fins, et fit tant qu'à force de prières et
d'argent il corrompit la pauvre vieille

femme, de sorte qu'il jouit de la fille. Cela continua longtemps sans que Pippa en sût rien; l'amour de Fazio allait croissant de jour en jour, il avait promis aux deux femmes, la mère et la fille, de marier promptement sa maîtresse en lui donnant une bonne dot, et il ne pensait qu'à prendre du plaisir et à se donner du bon temps; l'argent ne le gênait guères, et il jouissait en secret de sa chère Maddalena; mais ils eurent beau prendre toutes sortes de précautions, Pippa s'aperçut de leur amour.

Elle commença par accabler son mari d'injures, puis, elle insulta Maddalena et sa vieille mère; enfin, un jour que Fazio était sorti après dîner, elle les mit toutes deux à la porte avec leurs effets, en les traitant comme des chiens. Fazio fit à ce propos grand tapage; il pourvut aux besoins des deux dames; chaque jour sa passion devenait plus ardente; il ne cessait de se quereller, de se disputer avec sa femme, car il ne lui donnait plus la

nuit la pitance à laquelle il l'avait habituée, puisqu'il dépensait le jour avec sa
Maddalena tout ce dont il pouvait dispo-
ser ; aussi Pippa était-elle fort en colère
et enragée de jalousie, à tel point que la
maison devenait intenable, tant la dame
criait. Fazio la gronda, la consola, et la
menaça plus d'une fois ; rien ne servit ;
alors, pour donner à la colère de sa
femme le temps de se calmer et aussi
pour assouvir sa passion, pour donner
pleine satisfaction à l'ardent amour qui le
dévorait, il s'en alla à la campagne et y
fit venir la Maddalena avec sa mère ; là
au moins, il pouvait, sans avoir la tête
rompue par les criailleries d'une femme
importune et insatiable, vaquer gaiement
à ses petites affaires.

Pippa en fut si fâchée, si désolée,
qu'elle ne faisait jour et nuit autre chose
que pleurer et se plaindre de son vaurien
de mari, de cette vieille femme et de
cette jeune fille qu'elle haïssait ; elle ne
cessait de gémir et de se plaindre.

Un mois déjà s'était écoulé, Fazio ne revenait pas et ne faisait pas mine de revenir ; il jouissait de sa bien-aimée avec un plaisir à nul autre pareil et passait le temps dans des délices infinies. Pippa le savait, elle en était irritée outre mesure, plus qu'on ne peut se le figurer d'une créature humaine ; sa colère, sa fureur, sa rage contre les deux dames et contre son époux devinrent si ardentes, que, désespérée, et sans se rendre compte du mal qui pouvait en résulter pour elle-même, elle finit par se décider à dénoncer son mari et à dire qu'il avait gagné sa fortune non en faisant de l'alchimie, mais en volant l'argent de Guglielmo Grimaldi, qu'il avait ensuite fait semblant de rapporter de France. « Comme cela, » se disait-elle, « je châtierai cet époux » ingrat et ces deux femmes que je » déteste. »

Sans autrement réfléchir, ivre de colère, elle s'habilla en toute hâte et, seule, sans servantes, entraînée par sa fureur, elle alla (c'était presque le soir) trouver un Magistrat qui siégeait, un des Huit ; elle lui dit tout ce qu'avait fait son mari, comme il le lui avait raconté à elle-même ; on pouvait voir, ajouta-t-elle, que Guglielmo était bien enterré dans la cave de leur ancienne maison et elle indiqua exactement l'endroit.

Le Magistrat fit d'abord arrêter la femme, pensant que ce qu'elle disait pouvait être vrai ou faux ; puis on envoya vite et en secret vérifier les faits ; et le corps de Guglielmo fut trouvé à l'endroit que Pippa avait indiqué. La nuit même, on mit en campagne les archers, ils empoignèrent Fazio, qui ne s'y attendait guères, dans le lit où il était couché avec sa maîtresse et le menèrent en prison. Le malheureux passa une vilaine nuit, et quand on l'interrogea il ne voulut rien avouer. Mais on le mit en présence de sa femme, à la vue de laquelle il jeta un grand cri : « Je suis perdu ! » puis, se tournant vers elle : « C'est pour

» t'avoir trop aimée,» lui dit-il, « que j'en » suis là. » Ensuite, il se tourna vers le Magistrat et lui raconta tout ce qui s'était passé.

Mais les juges ne cessèrent de l'effrayer et de le menacer; ils tenaient pour certain, lui dirent-ils, que c'était lui qui avait frappé traîtreusement Guglielmo et l'avait tué pour lui voler son argent et se l'approprier, comme il y était réellement parvenu jusqu'à ce moment; ils sévirent contre lui, le mirent à la torture, lui firent subir tant et tant de tourments qu'ils l'amenèrent à leur avouer, séance tenante, tout ce qui leur plut. Fazio fut condamné, par sentence du Magistrat, à être, le lendemain matin, promené à travers Pise dans l'appareil des quêtes solennelles (1), après cela tenaillé et écartelé vif; tous ses biens furent confisqués.

---

(1) On parcourait la ville en tous sens, en demandant l'aumône sur le passage du condamné qu'on menait ainsi au supplice.

Guglielmo fut exhumé et enterré dans
un lieu consacré, au grand étonnement
et à la profonde stupeur de tous ceux
qui virent ce spectacle. On fit aussitôt
main basse sur les domaines de Fazio, et
tous ceux qui s'y trouvèrent en furent
chassés; la Maddelena et sa mère s'en
revinrent à Pise, dans leur petite demeure, pauvres et désolées. Pippa, mise
en liberté, rentra dans sa maison, croyant
qu'elle y ferait, comme auparavant, la
belle dame; mais elle se trompait du tout
au tout, car elle trouva ses servantes,
ses domestiques et ses fils chassés par les
officiers de justice; trouvant sa maison
vide et reconnaissant sa faute trop tard,
elle se mit à pleurer et à se lamenter.

La nouvelle de l'évènement se répandit vite dans tout Pise; tout le monde
en était étonné, stupéfait; on confon-
dait dans un blâme commun la ruse cri-
minelle de l'alchimiste et l'abominable
ingratitude de sa perfide femme. Son
père, quelques-uns de ses parents qui

étaient venus la voir, tous lui faisaient les reproches les plus violents et lui protestaient qu'elle et ses enfants mourraient de faim pour avoir trahi son pauvre mari d'une si cruelle et si barbare façon ; on l'avait laissée mortellement triste et toute baignée de larmes.

Cependant le matin du jour suivant arriva, et, à l'heure fixée, on mit sur un char l'infortuné Fazio ; on lui fit faire à travers la ville entière la quête solennelle, et on le conduisit sur la place à un échafaud qui avait été dressé tout exprès ; il maudissait et sa méchante femme et lui-même. Enfin, il fut écartelé en présence du peuple tout entier ; puis on rassembla et on rejoignit ses membres, et on le disposa sur le même échafaud, où il devait rester tout le jour pour servir d'exemple aux scélérats et aux criminels.

Pippa, ayant appris ces épouvantables nouvelles, en proie au plus violent désespoir et se voyant privée, par sa rage

et sa jalousie, de son mari et de son
bien, résolut de se punir elle-même du
crime qu'elle avait commis; folle de rage,
elle réfléchit à ce qu'elle voulait faire
et, quand presque tout le monde était
occupé à dîner, elle prit ses deux fils
chacun par une main et se dirigea en
pleurant vers la place ; les rares personnes qui la rencontraient et qui la
connaissaient, l'accablaient de reproches
et la laissaient aller.

Elle arriva ainsi sur la place, au pied
de l'échafaud; elle y trouva fort peu de
monde, et si dans ce peu de monde
quelqu'un la connaissait, on lui livrait
passage, ne sachant ce qu'elle voulait
faire. Pippa, toujours sanglotant, et toujours avec ses fils, monta la terrible
échelle, et, comme elle faisait mine sur
l'échafaud d'embrasser et de pleurer son
mari mort, elle fut en butte à mille ma-
lédictions : « Misérable femme ! » lui
disait-on, « elle pleure maintenant celui
» qu'elle a voulu mener là où il est.» Elle

se déchirait le visage avec les ongles, s'arrachait les cheveux, et tout en larmes baisait le front de son mari mort ; elle fit aussi courber ses deux jeunes fils et leur dit : « Embrassez et baisez votre » malheureux père. » Les pauvres enfants pleuraient et arrachaient des larmes à tous ceux qui étaient là.

Mais alors, cette mère cruelle tira de son sein un couteau pointu et bien affilé ; subitement, elle en frappa un de ses fils à la gorge et le tua ; puis, plus enragée qu'une vipère blessée, elle se rua sur l'autre et en un clin d'œil lui en fit autant ; tout cela s'était passé si vite que les assistants s'en aperçurent à peine ; enfin, se retournant contre elle-même, elle se plongea le couteau rouge de sang tout entier dans la gorge, et tomba morte à côté de ses fils et du cadavre de son mari.

A ce spectacle, tous ceux qui étaient là coururent en criant à l'échafaud ; ils trouvèrent morts les deux pauvres frères

et la mère désespérée ; tous égorgés
comme des agneaux. Les lamentations
et les clameurs remplirent toute la ville ;
en un instant tout Pise connut l'affreuse
nouvelle, tout le monde accourait en
pleurant pour voir un si horrible et si
effrayant spectacle : le père et la mère,
avec leurs deux beaux enfants blonds,
gisaient là couchés les uns sur les autres,
couverts de sang et cruellement égorgés.
Que Thèbes et Syracuse, Argos, My-
cènes et Athènes, que Troie et Rome
cèdent le pas à l'infortunée, à la malheu-
reuse·Pise !

Les pleurs, les gémissements, les cris
étaient si universels et faisaient dans la
ville tant de bruit, qu'on se serait cru à
la fin du monde. On déplorait surtout la
mort des deux pauvres petits innocents
qui, sans avoir commis la moindre faute,
étaient là, par terre, misérablement mas-
sacrés, couverts du sang de leur père et
de celui de leur mère dénaturée ; on eût
dit qu'ils dormaient, avec leur petite

bouche ouverte d'où coulait un sang chaud et vermeil; ce spectacle inspirait à ceux qui le voyaient tant de douleur et de compassion que celui qui aurait pu retenir ses larmes et ses gémissements aurait été de pierre ou de fer plutôt que de chair humaine; il y avait de quoi émouvoir de pitié la cruauté en personne.

Des amis et des parents de Fazio et de Pippa firent, avec la permission de la Justice, mettre le mari et la femme dans une même bière, et comme ils étaient morts impénitents, on les fit enterrer le long des murs de la ville et non dans un lieu consacré. Mais les deux jeunes frères furent inhumés dans l'église de Santa Caterina, accompagné des regrets de tous les Pisans.

LE PRÊTRE DE SAN FELICE, *à Ema, promet une oie à Mea, en jouit et la trompe; puis, y retournant, il est à son tour trompé par elle; il perd son oie et des poulets, se fait grand mal, et ne pouvant rentrer chez lui à pied, est obligé de s'y faire rapporter.*

 A Nouvelle qu'on venait d'entendre ne contenait ni fines remarques, ni vives réponses, ni paroles hardies, ni bons mots, ni traits de sottise ou de simplicité, ni beaucoup d'intrigues; la fin n'en était ni drôle, ni extravagante, elle n'inspirait ni la joie, ni la gaieté; elle était toute pleine de bouillantes

---

(1) Voy, Pogge, LXIX : *De rustico qui anserem venalem deferebat.*

colères, d'accents de rage farouche, de paroles injurieuses, de lamentations navrantes,
de fureur jalouse, d'inventions barbares; sa
fin était inhumaine et épouvantable : aussi le
chagrin et la douleur arrachèrent des beaux
yeux des charmantes jeunes filles des larmes
abondantes, qui baignèrent leurs joues roses
et leur sein délicat; elles ne pouvaient s'empêcher de pleurer et maudissaient la méchante
femme, quand Siringa, dont c'était le tour
de parler, s'essuya les yeux et commença en
ces termes :

Dames compatissantes, et vous tous
qui êtes ici, on n'a certainement pas mal
fait de mêler un peu d'aloës et d'absinthe
à tant de sucre et de miel; l'amertume
fait mieux apprécier la douceur, et c'est
par les contraires que valent infiniment
plus les belles et bonnes choses, la bonté
et la beauté. Aussi, je suis sûre que si
vous voulez bien vous rappeler les autres
Nouvelles racontées dans cette soirée,
elles vous apporteront d'autant plus de
joie et de contentement que cette der-

nière vous a causé plus de peine et de
chagrin. J'espère aussi que l'histoire que
je vais vous dire, toute riante et toute
gaie, vous procurera, par comparaison,
plus d'agrément et de plaisir. Après avoir
ainsi parlé, elle sourit doucement et continua :

C'est, vous le savez tous, un vieil
usage dans nos campagnes que les prêtres du pays invitent, le jour de la fête
de leur église, tous les prêtres leurs voisins ; le curé du Portico, dont c'était la
fête, invita donc tous les prêtres d'alen-
tour, qui s'empressèrent d'accourir ;
parmi eux était un ser Agostino qui offi-
ciait à San Felice, à Ema, non loin d'ici,
et qui, pendant qu'on chantait avec
solennité la grand'messe, vit par hasard
dans l'église une belle et aimable jeunesse ; ayant demandé autour de lui qui
elle était, on lui répondit que c'était
une femme du pays ; comme elle lui plaisait infiniment, il ne pensa guère à autre
chose ce matin-là qu'à la regarder et à

l'admirer. La messe finie et l'office terminé, tout le monde qui était dans
l'église s'en alla dîner et les prêtres en
firent autant. Vers le soir, ser Agostino
alla dans la rue pour se promener, et il
eut l'heureuse chance de voir assise au
pas de sa porte la jeune femme qu'il avait
vue le matin à l'église et qui se faisait
appeler Mea. C'était la femme d'un ma-
çon; elle prenait le frais et causait avec
ses voisines; ser Agostino appela le curé
de la paroisse et lui demanda des rensei-
gnements sur elle, sur sa situation; le
curé lui répondit que c'était une femme
aimable et de bonne compagnie; que,
seulement, elle détestait les prêtres et les
avait en plus profonde horreur que la
migraine; qu'elle ne voulait ni leur être
agréable, ni même en entendre parler.
Ser Agostino fut fort étonné, et il résolut
aussitôt d'en venir à bout à tout
prix :

« Je suis bien sûr, » se dit-il, « que tu
» me prêteras ta peau, bon gré mal gré, »

et, pour ne pas lui faire connaître sa qualité de prêtre, il s'en alla bien vite, quoique à regret ; mais il la mangeait des
yeux de loin, ce qui ne lui plaisait
guères, et plus il la regardait, plus s'ac-
croissait en lui l'ardent désir de la pos-
séder. Le soir vint, on chanta Complies
et Mea ne vint pas à l'église ; si bien que,
fête et office terminés, ser Agostino,
après avoir fait avec les autres prêtres
une copieuse collation, prit congé et
s'en retourna à San Felice, à Ema, où il
ne fit pas autre chose que de penser à
celle qu'il adorait, à la manière dont il
pourrait s'y prendre pour s'introduire auprès d'elle sans lui faire connaître sa
qualité de prêtre, et pour arriver à ses
fins. Comme il était adroit et madré, il
lui vint à la pensée d'essayer un moyen
qui devait lui permettre de satisfaire ses
désirs, et, un lundi vers les vingt et une
heures, déguisé en paysan, la barbe en
désordre, coiffé d'un bonnet blanc avec
un chapeau de paille par-dessus, il sus-

pendit à son cou une oie bien grasse et
bien dodue et quitta secrètement sa demeure. Ayant gagné la rue, un peu au-
dessus du Portico, il prit la route de Florence où il se mit à cheminer lentement,
lentement, s'arrêtant à chaque pas, si
bien que, de loin, il vit Mea assise à sa
porte et en train d'éplucher de la salade ;
alors, il hâta le pas et s'arrêta devant
elle en la regardant bêtement.

Mea, voyant cet imbécile planté devant
elle, lui demanda si l'oie qu'il portait
dans ses bras était à vendre. « Je ne la
» vends pas, » répondit le Prêtre. —
« Donne-la-moi donc, » reprit la dame,
qui aimait à rire. — « Cela peut se
» faire, » répliqua ser Agostino, « en-
» trons dans la maison et nous nous met-
» trons d'accord. »

Mea, qui était de bonne composition
et qui n'avait d'yeux que pour cette belle
oie, grasse, bien en chair, se leva tout
de suite en tenant sa salade sur sa poitrine, fit entrer l'homme et ferma la

porte. Dès que le prêtre se vit introduit,
avec la porte close, il dit à Mea : « Écou-
» tez, Madame. Cette oie, que vous
» voyez si blanche et si belle, je la por-
» tais à l'auberge ; cependant, à vous, je
» ne puis la refuser, si vous voulez bien
» me donner quelque chose de vous-
» même. » Enfin, ils tombèrent d'accord
qu'elle se prêterait une fois à ses désirs
et que l'oie serait à elle. Aussitôt Mea,
voyant le pal dressé, se met dessus et fait
de bonne besogne ; la danse terminée,
elle se leva et dit : « Tu ne peux pas te
» dédire, l'oie est à moi. »

— « Non pas, non pas, » répondit le
mauvais Prêtre, « vous ne l'avez pas en-
» core gagnée ; ce que je devais avoir de
» vous, c'est vous qui l'avez eu de moi,
» car, en vous mettant dessus, c'est vous
» qui avez fait l'homme et moi la femme.
» J'ai été dessous ; c'est moi qui ai été
» chevauché. » Mea se mit à rire : — « Je
» t'ai compris, » dit-elle, et comme le
messire l'avait mieux servie qu'elle n'y

comptait, qu'il était jeune encore, d'une belle taille, elle voulut bien jouer le deuxième rôle. La seconde contredanse terminée, ser Agostino empoigna l'oie et dit à la dame : — « Madame, il faut que
» vous vous mettiez dessous encore une
» fois si vous voulez l'avoir, car, pour le
» moment, nous sommes quittes et juste
» au pair ; si vous vous comportez bien
» cette autre fois, vous aurez, sans con-
» teste, gagné l'oie. »

Mea, qui avait trouvé cela drôle jus-qu'alors et qui n'avait fait que rire, trouva, vous le pensez bien, la prétention étrange ; elle regarda le Prêtre d'un air méchant et lui dit :—« N'as-tu pas honte,
» vilain avare? Crois-tu avoir affaire à
» une femme de rien ? Il paraît que tu
» aimes du beurre sur ton pain, ribaud ;
» allons, donne ton oie, et va-t'en. « Et elle cherchait à la lui arracher des mains, mais le Prêtre tenait bon ; il gagna la porte, l'ouvrit et voulut s'en aller ; elle se mit en travers et lui dit une foule

I.   10.

d'injures auxquelles il ne se fit pas faute de répondre.

Juste à ce moment, le mari de Mea rentrait, contrairement à toutes ses habitudes ; au bruit de la dispute, il donna une poussée à la porte, entra dans la maison, et, voyant sa femme aux prises avec un paysan, il dit : « Que diable » as-tu à crier ainsi, Mea ? Qu'est-ce » que tu as à faire, pour Dieu ! avec ce » paysan ? » A cela ser Agostino répondit sans hésitation : — « Sachez, brave » homme, que j'ai vendu à cette femme » cette oie pour trente sous ; le prix a » été convenu dans la rue ; mais, maintenant que nous sommes dans la maison, elle ne veut plus m'en donner » que dix-huit. — Tu en as menti par » la gorge, » s'écria la dame, et, croyant avoir trouvé un excellent moyen de cacher sa faute à son mari, elle continua : — « Je t'en ai offert vingt, voilà le prix » convenu. — Et moi, je dis trente, » répliqua le Prêtre.

Alors le mari prit la parole : — « Eh !
» Mea, » dit-il, « laisse-le s'en aller au
» diable ; tu aurais beau dire pair, il di-
» rait impair, et vous n'en verriez jamais
» la fin. As-tu peur que les oies te man-
» quent ? — Qu'il s'en aille avec le mal
» an que notre seigneur Dieu lui donne ! »
répondit Mea, « il ne trouvera jamais qui
» fasse pour lui plus que je n'ai fait. »
Le Prêtre dit en s'en allant : — « Et toi,
» tu ne trouveras jamais qui ait une oie
» si grosse et si grasse. » Puis, joyeux
au possible, il rentra chez lui sans avoir
été reconnu de personne.

Le mari, qui n'avait pas bien entendu
ce qu'avait dit Mea, lui dit alors : —
« Qu'est-ce que tu lui as fait ? Il est
» plus près de la vérité que toi, car, s'il
» porte cette oie à Florence, il en tirera
» plus de quarante sous. » Cela dit,
ayant pris chez lui ce qu'il lui fallait, il
s'en retourna à son travail, et Mea se
remit à éplucher la salade, furieuse
d'avoir été jouée de la sorte par un paysan.

Huit ou dix jours se passèrent; ser
Agostino, ne cessant de penser à sa Mea,
auprès de laquelle il avait mieux réussi
qu'il ne l'espérait, se décida à retourner
lui faire visite et à voir s'il ne pourrait
pas s'escrimer encore avec elle, mais pas
pour rien comme la première fois ; car
il se repentait de ce qu'il avait fait. Il
se déguisa encore en paysan, prit la
même oie et une paire de bons chapons
bien gras, avec l'intention de donner la
première pour les services rendus et les
autres pour ceux qu'il comptait obtenir,
et de faire la paix avec la dame.

Un jour donc, à la même heure, il
gagna en secret la route, prit le chemin
de Galluzzo, s'achemina doucement vers
Florence et finit par arriver au Portico ;
de là, étant arrivé à la maison de Mea,
il la vit par bonheur à sa fenêtre ; elle le
vit aussi, le reconnut, et se douta bien de
ses intentions à l'aspect de l'oie et des
chapons. Alors, songeant à se venger, et
voyant qu'il la regardait, elle lui sourit,

lui fit signe de la main et quitta aussitôt
la fenêtre ; puis elle expliqua à un sien
amant qui, par hasard, était chez elle, et
qui avait passé auprès d'elle un peu de
temps, ce qu'elle voulait qu'il fît ; elle
descendit l'escalier avec lui, et l'ayant
caché dans la cave, elle s'en vint ouvrir
la porte.

Le Prêtre était déjà là et s'était placé
vis-à-vis de la maison, si bien qu'il salua
Mea dès qu'il l'aperçut, et lui dit : « Je
» suis venu vous apporter votre oie et
» ces chapons aussi, si vous les voulez. »
La dame lui répondit en souriant : —
» Sois le bien venu et entre, je te prie ;
» je me suis bien étonnée que tu aies
» tant tardé à revenir me voir. » Ser
Agostino entra tout joyeux dans la maison, Mea ferma la porte, le prit par la
main et le mena non plus en bas, comme
l'autre fois, mais dans sa chambre. Ils
s'assirent tous deux et le Prêtre, pour
s'excuser, se mit à parler ainsi : « Il est
» bien vrai, bonne dame, que, lorsque

» je suis venu ici l'autre jour, je me suis
» conduit avec vous un peu comme un
» sauvage, et presque grossièrement ; si
» si cet homme n'était pas arrivé, je
» vous aurais laissé l'oie, bien sûr ; mais
» j'ai pensé que ce devait être votre
» mari, comme il l'était en effet, et j'ai
» agi de mon mieux, j'ai employé cet
» expédient qui m'a paru excellent pour
» sauver votre honneur et ma vie. Mais
» me voici revenu pour payer ma dette ;
» je vous remets l'oie tout de suite et
» les chapons seront encore à vous,
» parce que je veux que nous soyons
» amis, et je ne cesserai pas de vous
» apporter, tantôt une chose, tantôt une
» autre ; j'ai des pigeons, des poules, du
» fromage, des chevreaux, et toujours je
» viendrai vous voir les mains pleines
» des produits de la saison. » Mea se
mit à rire et répondit : — « Je crois que
» jamais de sa vie mon cornichon de
» mari n'est rentré à pareille heure. Mais
» vois, tu m'as fait monter à la lune, si

» bien que je t'aurais mangé sans sel. »

Cela dit, elle prit l'oie et les chapons
que le Prêtre lui abandonna volontiers,
car il la croyait tout à fait apaisée ; elle
les mit dans une armoire en disant :
« Voilà, voilà, je suis à toi pour tout ce
» que tu voudras. » Mais, pendant qu'elle
revenait vers lui, à je ne sais quel signe
qu'elle fit, on entendit frapper à la porte
avec une violence extrême ; c'était celui
qu'elle avait caché qui, jugeant le moment venu, avait ouvert la porte bien
doucement et qui, se trouvant dehors,
frappait de toutes ses forces; la dame se
mit à la fenêtre, et, rentrant promptement
la tête, elle dit, presque en pleurant :
« Je suis morte, hélas! c'est mon frère,
» l'homme le plus cruel, le plus méchant
» qu'il y ait au monde! » et se tournant
vers Agostino, elle lui dit: « Entre vite
» dans cette chambre ; malheur à toi et
» à moi s'il nous voyait ensemble! »
Elle ouvrit, poussa le prêtre dans la
chambre et la ferma au verrou ; puis elle

se mit en haut de l'escalier et cria bien
haut pour qu'Agostino l'entendît : « Que
» mon très cher frère soit mille fois le
» bien venu !

Celui-ci, qui savait bien sa leçon, répondit d'une voix haute et menaçante :
« Vois un peu, j'arrive quand tu me
» croyais à mille milles d'ici. Où est-il,
» misérable femme, cet amant, ce traître
» qui veut apporter le déshonneur dans
» notre maison ? Où est-il, coquine, que
» je le tue et toi aussi ? » Mea répliqua
en pleurant et d'une voix entrecoupée :
— « Miséricorde, mon frère, je n'ai per-
» sonne à la maison. — Si fait, » reprit
l'autre, « tu as quelqu'un et je le trou-
» verai bien. » Comme il était au service du podestat de Galluzzo, il avait
toujours au côté une épée, qu'il tira et se
mit à aiguiser sur le carreau, en mau-
gréant et tempêtant toujours. Cela fit
une telle peur à ser Agostino, qu'il faillit
se trouver mal ; aussi faut-il avouer que
Mea, pleurant et demandant grâce, et

son compère l'accablant de menaces et
la maudissant, jouaient trop bien leur
rôle ; mais enfin, le prétendu frère donna
un grand coup de pied dans la porte de
la chambre et s'écria : « Ouvre ici, je
» veux voir qui est là-dedans et lui pas-
» ser cette épée au travers du corps. »

Le Prêtre, voyant ébranler la porte et
entendant ces paroles, perdit la tête ;
croyant déjà se sentir traversé de part en
part, il se précipita par une fenêtre,
haute de vingt brasses environ, qui donnait sur une vigne derrière la maison, et
peu s'en fallut qu'il demeurât empalé sur
un échalas ; il toucha cependant à terre,
mais si malheureusement qu'il se cassa
un genou et se démit un pied ; toutefois,
sa frayeur était telle, qu'il n'en demeura
pas moins tranquille et ne poussa pas un
cri ; puis, sans se relever, il s'en alla à
quatre pattes à travers la vigne, jusqu'à
ce qu'il se fût éloigné de la maison d'une
portée d'arbalète.

Quand la dame et son compère enten-

dirent le bruit de la chute, ils·ouvrirent
aussitôt la chambre, où étant entrés et
voyant ce qui s'était passé, ils ne pous-
sèrent pas plus loin leurs recherches,
mais se mirent à rire aux éclats, et allè-
renr voir l'oie et les chapons qui étaient
gras et bons. Mea ne se sentait pas de
joie, car il lui semblait qu'elle s'était bien
vengée. Or on peut être sûr qu'il n'y
a rien au monde qui donne tant de joie,
tant de plaisir que la vengeance, surtout
aux femmes.

Le malheureux ser Agostino, se traî-
nant à quatre pattes, brisé, tremblant, fit
tant qu'il parvint à la route ; là il se tint
caché jusque vers le soir, qu'enfin il vit
passer le maître du moulin de la rivière
d'Ema, son voisin et son ami. L'ayant
appelé à voix basse, il se fit reconnaître
et le pria de lui donner une place sur un
mulet et de le ramener chez lui. Le meunier, très étonné, sans vouloir savoir
pourquoi il trouvait son ami à pareille
heure et dans un tel état, le mit sur un

mulet et le ramena, fort chagrin, dans sa maison; et, sur la prière du Prêtre, il ne dit jamais mot à personne de cette aventure. Ser Agostino, de son côté, inventa une fable pour expliquer à sa mère et à sa servante comment il était sorti ainsi déguisé, comment il s'était rompu le genou et démis le pied; il en eut pour des semaines et des semaines; au meunier même il fit un conte de sa façon, de sorte qu'on demeura longtemps sans connaître l'histoire; on ne l'aurait même jamais sue si ser Agostino, devenu vieux, ne l'avait racontée plusieurs fois, après la mort de Mea et de son mari (1).

---

(1) La traduction Française de Lefebvre de Villebrune, si on peut appeler traduction une œuvre qui n'a pas le moindre respect pour l'auteur qu'elle veut faire connaître, qui l'amplifie quelquefois, qui en supprime souvent des pages entières et qui ne s'astreint jamais à traduire, dans le vrai sens de ce mot; cette traduction, dis-je, change absolument la fin de l'histoire. Agostino se sauve sans blessures, et en volant assez de provisions pour se dédommager de la perte de ses volailles.

—

LE PRÊTRE PIERO, DE SIENNE, joue un mauvais tour à un clerc de Florence, qui lui rend la pareille au point de le faire passer de vie à trépas.

IRINGA avait à plusieurs reprises, avec sa Nouvelle, fait rougir et rire les dames; elle avait aussi apaisé leur émotion ainsi que celle des jeunes gens et leur avait raffermi le cœur à tous; et elle aurait mieux réussi encore si messer le Prêtre ne s'était, en sautant, fait aucun mal, ayant perdu seulement, ce qui était bien fait, son oie et ses chapons. Mais Fileno, la voyant se taire et sachant que c'était à lui de parler, s'exprima gracieusement en ces termes :

Charmantes dames et vous, nobles

jeunes gens, je vais vous conter un tour
que joua un Florentin à un Siennois qui
lui avait fait une mauvaise farce ; il ne
faut pas trop le regretter, bien que l'affaire ait fort mal tourné pour le Siennois, parce que celui qui se plaît à se
moquer d'autrui ne doit pas se plaindre
qu'un autre se moque de lui.

Il n'y a pas bien longtemps que vivait
à Prato (je ne sais plus si c'est une ville
de Toscane de quelque importance ou
seulement un gros bourg) un messer
Mico, de Sienne, prieur de la paroisse
principale, qui avait avec lui un neveu,
prêtre aussi, mais si jeune qu'il ne disait
pas encore la messe ; il n'avait reçu que
les ordres mineurs, et un autre clerc était
chargé du soin de la sacristie et de
l'église ; comme il était de Florence, on
appelait ce clerc le Florentin. Bien qu'il
fût fort jeune, il était cependant rusé,
malin, quelque peu extravagant, de sorte
qu'il était toujours à se disputer et à se
chamailler avec le prêtre Piero (ainsi se

I   11.

faisait nommer le neveu du prieur) ; cela
était fort désagréable à messer Mico et,
si les services du Florentin ne lui avaient
pas été fort utiles, il l'aurait vingt fois
mis à la porte pour n'en être plus ennuyé.
Il faisait souvent aussi des reproches très
vifs à son neveu, et employait tous ses
soins à mettre d'accord les deux jeunes
gens et à les faire vivre en paix ; mais
cela n'aboutissait à rien, parce que le
Siennois, se voyant maître, voulait faire
trop sentir son autorité à l'autre, qui le
recevait fort mal.

Le prêtre Piero avait formé le projet
de jouer un tour, mais un bon tour, au
Florentin ; il eut un jour une belle occasion et résolut de ne pas attendre plus
tard que la nuit suivante. Le soir donc,
quand on eut soupé et que tout le monde
fut allé dormir, il resta à attendre dans
la chambre voisine de celle de son oncle
où il couchait, que le moment lui parût
venu de donner suite à ses projets. Alors,
quittant seul la chambre, il alla douce-

ment à l'église, et ouvrit une tombe où
on avait placé le jour même une toute
jeune fille, morte en six heures, pour
avoir mangé des champignons vénéneux ;
il enleva la morte et recouvrit la sépulture ; puis, prenant le cadavre sur son
épaule, et le portant derrière le maître-
autel, à l'endroit où aboutissaient alors
les cordes des cloches, il parvint à le lier
à la corde de la cloche que le Florentin
devait bientôt mettre en branle pour sonner matines, et l'arrangea de telle sorte
que, dès le premier coup de cloche, les
pieds de la morte devaient venir frapper
la tête du sonneur. Cela fait, il s'en alla,
se cacha tout près de la porte du clocher
par où devait passer le Florentin, et attendit l'événement.

L'heure venue, le Florentin se leva
selon sa coutume, et, sans allumer de
lumière, parce qu'il connaissait bien les
lieux et qu'il avait mille fois trouvé les
cloches dans l'obscurité, il s'avança en
toute confiance. Dès qu'il fut arrivé, il se

saisit de la corde de la cloche la plus
grosse, qui sonnait toujours matines, et
la tira en bas; alors les pieds de la morte
vinrent le frapper à la tête et le frôlèrent
à la tempe et à l'épaule gauches. Le Florentin poussa un cri épouvantable, et dit :
« Mon Dieu! au secours ! » Il lâcha en
toute hâte la corde de la cloche, et tremblant de tous ses membres, se mit à fuir
en criant.

Le prêtre Piero, ayant entendu le cri
et le bruit des pas précipités, n'eut pas de
peine à deviner qu'il avait réussi; il fut
heureux au delà de ce qu'on peut dire et
ferma la porte par où le Florentin était
entré, afin que celui-ci, ne pouvant
s'échapper par cette issue, qu'il trouve-
rait close, eût plus peur encore ; après
quoi il s'en alla, joyeux et riant, se
mettre au lit dans sa chambre.

Le Florentin, la tête presque perdue,
arriva tout effrayé à la porte et, la trouvant fermée, fut sur le point de tomber
mort. Il se mit à courir à tâtons dans

l'église à la recherche de la porte principale qui donnait sur la place ; il finit par
la trouver, tira le verrou, ouvrit et se
sauva dehors. Il faisait alors, d'aventure,
le plus beau clair de lune qu'il y eût eu
de l'année ; notre homme s'arrêta et,
voyant qu'il n'était pas suivi, se tran-
quillisa quelque peu ; puis il se mit à se
demander quel était l'objet qui l'avait
frappé à la tempe et au cou ; il se souvint
qu'il avait laissé ouverte la porte qu'il
avait trouvé fermée, et se mit à penser
que ce devait être le prêtre Piero qui
avait fait des siennes ; il arriva enfin à
cette conclusion que c'était lui qui avait
tout fait. Voulant s'en assurer, il prit un
bout de chandelle qu'il avait toujours
sur lui, l'alluma à la lampe du Saint-Sa-
crement et s'en alla derrière l'autel ; il
regarda, tout en se tenant sur ses gardes,
et vit se balancer le cadavre, attaché par
les cheveux à la corde de la grosse
cloche ; il le reconnut tout de suite à ses
longues tresses blondes et à une guir-

lande de fleurs qu'il avait sur la tête.
Aussitôt, il détacha la morte, non sans
beaucoup de peine, et la prit à son cou,
voulant la remettre dans sa tombe et
rester tranquille après ; car il n'entendait
pas que le prêtre Piero eût le plaisir de
l'avoir effrayé.

Mais, quand il eut ouvert la sépulture,
il lui prit envie de faire une farce, très
belle, quoique fort méchante et extrêmement dangereuse ; laissant là le cadavre, il sortit, et, comme il était robuste et agile, il fit tant qu'il monta, en
franchissant un mur, sur un toit, d'où il
descendit dans le cloître ; il put alors ouvrir la petite porte de l'église, s'en alla à
la grande porte, qu'il ferma au verrou,
puis, prenant la morte sur son dos, il
s'en vint doucement, doucement, jusqu'à
la chambre du prêtre ; là, il posa son
fardeau à terre, mit l'oreille contre la
porte pour savoir ce qui se passait au
dedans, et entendit le prêtre ronfler
bruyamment ; il en fut ravi, mais sa joie

n'eut plus de bornes quand il vit l'huis
entr'ouvert : Piero l'avait laissé ainsi, et
il n'avait pas non plus fermé sa fenêtre,
à cause de la chaleur extrême, car on
était alors au cœur de l'été. Le Florentin
n'en eut que plus envie de mener à bonne
fin sa tentative ; reprenant la morte sur
ses bras, il entra dans la chambre avec
des précautions infinies, s'approcha du
lit et mit le cadavre à côté du dormeur ;
puis il s'en alla, mais en ayant soin de
se mettre aux aguets pour voir et entendre
ce qui allait arriver.

Pour son malheur, le prêtre Piero était
ce jour-là plongé dans un lourd et profond sommeil ; cependant, il s'éveilla
quand le jour commençait à poindre, et,
s'étant retourné dans son lit, encore un
peu endormi, il mit la main juste sur le
visage de la morte, qu'il trouva mou,
plus froid que marbre ; il retira vite sa
main, et fut stupéfait. La peur lui fit ouvrir les yeux ; il vit le cadavre ; alors, ce
qu'il avait fait lui revint à l'esprit, et

croyant que cette jeune fille était venue
là pour l'étrangler, la frayeur le gagna si
vite qu'il sauta en toute hâte de son lit à
terre. Il se sauva en chemise de sa
chambre tout en poussant des cris, et,
comme il ne cessait pas de courir, toujours en criant, il arriva sur le palier d'un
escalier qui descendait au rez-de-chaussée; il était si pressé de s'éloigner qu'il
fit la culbute et descendit toutes les mar-
ches à la fois, si bien qu'il se cassa un
bras, se rompit une côte, et se fit trois
blessures à la tête; il ne pouvait plus
bouger, il était étendu à terre et poussait des cris à remplir tout le presbytère;
le Prieur, son domestique et sa servante,
accourant au bruit, l'un à demi vêtu,
l'autre en chemise, trouvèrent au bas de
cet escalier le prêtre Piero qui ne cessait
de geindre et de se lamenter.

Cependant le Florentin, qui avait tout
vu, sachant que les habitants de la maison avaient tous couru à l'endroit d'où
partait le bruit, s'en alla à la chambre de

sa victime, d'où il enleva lestement la
morte, et, prenant un chemin qui lui
permit de gagner l'église sans être vu de
personne, il remit la jeune fille dans sa
tombe, en lui replaçant la guirlande autour de la tête, de sorte qu'on n'aurait
jamais pu croire qu'elle eût été déplacée ;
puis il alla sonner l'*Ave Maria ;* le soleil
était haut déjà.

Messer Mico, arrivé à l'endroit où son
neveu gisait tout meurtri, et non moins
chagrin qu'étonné, le fit relever, avec
l'aide de son domestique et de sa servante, et lui demanda ce qui lui était arrivé,
comment il était tombé. Mais le prêtre
Piero ne répondit mot ; il ne cessait de
gémir, de se plaindre ; le Prieur, le
voyant en si triste état, le visage et la
tête pleins de sang, fit chercher par son
domestique le Florentin qui déjà avait
commencé à sonner la messe, et l'envoya querir un médecin, le meilleur qu'il
y eût à Prato.

En attendant, il encourageait son ne-

I

veu et voulait le faire porter à bras dans
sa chambre; mais le prêtre Piero n'en
cria que plus fort, disant qu'il fallait le
mener ailleurs, dans toute autre chambre,
mais pas dans celle-là ; on le fit reposer
un peu dans la chambre des étrangers ;
alors il raconta tout au long la cause de
son malheur, et expliqua ce qu'il avait
trouvé sur son oreiller ; le domestique,
qui était brave, alla voir bien vite, et
comme il ne vit ni jeune fille morte, ni
trace de sa présence, il revint dire que
Piero devait avoir rêvé, car il n'y avait
personne dans son lit, ni mort, ni vivant.

Les cris avaient attiré quelques prêtres
voisins. Quand ils surent l'aventure et
qu'ils eurent visité les lieux, ils furent
tous d'avis que Piero avait cru dans son
sommeil voir et sentir ce cadavre, et
qu'assurément il avait rêvé. Le malheureux, désespéré tant de l'évènement lui-
même que de ses blessures, se fit porter
dans sa chambre, et, quand il vit que la
morte qu'il était sûr d'y avoir laissée n'y

était plus, sa surprise et sa douleur devinrent plus vives encore, tellement qu'il demeura accablé et ne sachant ni que dire, ni que faire.

Enfin le médecin fit son entrée avec le Florentin qui, triste en apparence, mais joyeux au fond, faisait mine d'être désolé de l'accident. Quand le prêtre Piero eut été examiné (et, à vrai dire, il n'avait pas trop de mal), il voulut expliquer tout à fait son cas, et, en présence de tout le monde, il avoua ce qu'il avait fait pour faire peur au Florentin et ce qui en était résulté pour lui ; puis il demanda à son oncle et au clerc de vouloir bien lui pardonner. Tout le monde fut fort étonné de cette confession ; le Florentin répondit : — « Que Dieu te pardonne ; » quant à mo., tu ne m'as fait cette nuit » ni peur, ni rien d'autre que je sache. » Puis il raconta qu'il avait d'abord sonné Matines, qu'il était ensuite retourné au lit, et qu'il avait sonné l'*Ave Maria* au point du jour ; qu'enfin, pendant qu'il

sonnait la messe, il avait entendu les cris
et le domestique était venu le chercher.
— « Comment ! » s'écria le prêtre
Piero, et il dit tout par le menu. Le Florentin haussa les épaules et fit l'étonné ;
alors Piero se fit conduire à l'église et
ensuite à la tombe, qu'on ouvrit devant
lui ; il y trouva la jeune fille qui ne paraissait pas avoir été dérangée par personne ; sa surprise et sa tristesse devinrent mille fois plus fortes ; il se fit ramener à son lit, où il demeura stupide,
abruti, pensant toujours à ce qui lui était
arrivé ; il tomba dans l'humeur noire,
mangeant à peine, dormant peu ou pas ;
de telle sorte que, soit nouveauté du cas,
soit tristesse, rage et fureur, le diable
peut-être aussi l'aveuglant, un jour qu'il
était resté seul dans sa chambre, il se
jeta la tête la première par une fenêtre
qui donnait sur une cour, tomba sur le
pavé, se cassa la tête et mourut aussitôt.

Cela fit beaucoup de peine à messer
Mico, qui, n'ayant plus personne à qui

laisser son prieuré, y renonça et retourna à Sienne, persuadé, comme le fut presque tout le monde, que son neveu avait été ensorcelé. Le Florentin fut, lui aussi, obligé de partir ; il vint à Florence et s'y plaça comme clerc de la sacristie de Saint-Pierre Majeur ; c'est là qu'après bien du temps écoulé, il raconta plus de mille fois cette histoire qu'autrement on n'aurait jamais pu connaître.

—

UN ABBÉ, *passant par Florence, visite San-Lorenzo pour voir les statues et la bibliothèque de Michel-Ange ; là, à cause de sa sottise et de sa présomption, Tasso le fait lier comme fou.*

ILENO s'était bien tiré de son histoire et avait cessé de parler. Toute la compagnie s'en entretenait et vantait à l'excès la pénétration du Florentin, quand Lidia, qui venait après Fileno, se prit à dire sans autre exorde : « Et moi aussi, belles dames, je vais » m'acquitter en vous contant une farce, » qui vous fera autant de plaisir et ne » vous fera pas rire moins que celles qu'on » vous a racontées déjà ; » et elle continua ainsi :

Il y a quelques années, un abbé Lombard, moine régulier, passa par Florence,

en se rendant à Rome ; c'était à l'époque
où Hippolyte de Médicis, tout jeune encore, était confié à la garde du cardinal
de Cortone, qui gouvernait la ville au
nom du pape Clément. Cet abbé, qui
avait pris gîte à Santa Trinita, eut envie
un jour par hasard d'aller voir dans la
sacristie nouvelle de San-Lorenzo les
statues de Michel-Ange ; il partit, accompagné de deux moines de sa maison et
de deux autres de son Ordre, et s'y rendit ; comme la sacristie était fermée, le
Prieur de l'église fit appeler Tasso
(c'était le surnom d'un jeune homme
qui en tenait les clefs et qui servait
Michel-Ange, alors occupé à sculpter les
boiseries de la bibliothèque), lequel vint
aussitôt ; le Prieur lui dit : « Aie l'obli-
» geance de montrer à cet homme de
» bien la sacristie et la bibliothèque ;
» montre-lui où sont les statues, dis-lui
» pourquoi on les a mises là, qui elles
» représentent et dans quel but on les a
» faites. »

Tasso répondit qu'il le ferait volontiers et il précéda l'Abbé et ses frères; il les conduisit dans la sacristie nouvelle, où le révérend père fit beaucoup de questions auxquelles son guide répondit. L'Abbé, ayant à son aise tout bien vu et bien considéré, dit à un de ceux qui l'accompagnaient : « Il faut bien croire » que ces statues sont excellentes, au- » tant qu'on en peut juger; mais je me » figurais qu'elles étaient autrement et » pas comme cela du tout; elles ne m'ont » pas plu, tant s'en faut, autant que je » me l'imaginais; vois si Michel-Ange » est un Dieu sur la terre, comme dit le » peuple; en vérité, les statues qui or- » nent la maison des comtes Pepoli » feraient bonne figure auprès de celles-ci, » et cependant elles sont de la main de » quelque sot, d'un tailleur de pierres, » je pense. »

Tasso, entendant ces paroles, ne se laissa pas prendre aux égards que chacun lui montrait, et bien qu'on lui

donnât du Messer et du Révérend, il vit
tout de suite qu'il avait affaire à un parfait imbécile et il eut bien envie de lui
répondre comme il le méritait, sûr
d'avance que ni l'Abbé, ni ses compagnons ne le comprendraient; cependant
il crut qu'il valait mieux se retenir.

A la fin, on partit pour aller voir la
bibliothèque, et en passant par l'église,
l'Abbé demanda à Tasso depuis quand
elle était bâtie et qui en avait été l'ar-
chitecte; Tasso le lui expliqua tout au
long; l'Abbé répondit : — « Cette
» église ne me déplaît vraiment pas,
» mais elle n'est pas comparable à notre
» Saint... de Bologne. » Tasso fut sur le
point de rire, mais il se laissa emporter
par la colère et il ne put s'empêcher
de dire : — « Mon père, si vous êtes
» aussi versé dans les Saintes Écritures
» que vous êtes savant en sculpture et
» en architecture, vous devez être, ma
» foi, un grand bachelier en Théologie. »
Le benêt de moine ne comprit pas et ré-

pondit : — « Je suis même docteur,
» grâce à Dieu. »

Tout en causant ainsi, ils sortirent de
l'église, et montèrent aux galeries supé-
rieures du cloître, où était un petit escalier de bois qui conduisait à la bibliothèque ; les moines s'y engagèrent les
premiers ; après eux venait l'Abbé et à la
fin Tasso ; tout en montant doucement,
doucement, les yeux de l'Abbé se fixè-
rent sur la coupole ; il s'arrêta au milieu
de l'escalier et se mit à la regarder avec
attention ; resté seul avec Tasso, car les
frères étaient déjà arrivés à la bibliothèque, il dit alors : « Cette coupole a tant
» de réputation dans le monde entier,
» que c'est une merveille. — Ah ! mon
» père », répondit Tasso, « n'est-ce pas
» avec raison ? où trouverez-vous dans le
» monde entier rien de semblable ? La
» lanterne surtout est un prodige qui
» n'a pas d'égal. » L'Abbé, presque en
colère, répliqua : — « C'est vrai, selon
» toi, et selon vous autres Florentins ;

» mais j'ai, moi, entendu dire par des
» gens dignes de foi, que la coupole de
» Norcia (1) est bien plus belle et faite
» avec beaucoup plus d'art. »

Tasso n'en voulut pas davantage, et il
éprouva tout à coup un tel accès de rage
et de colère que, laissant de côté toute
idée de patience et de respect, il saisit
messer l'Abbé par le corps, en criant à
gorge déployée, et le tira en arrière de
façon à le faire culbuter en bas de l'escalier; puis il fit exprès de se laisser
tomber sur lui et fut sur le point de le
faire crever; enfin, toujours couché dessus, il se mit à crier : « A l'aide! à l'aide!
» accourez ici, accourez vite! ce moine
» est fou et veut se jeter par terre du
»· haut de ce cloître. »

Aussitôt, quelques ouvriers de Tasso,

---

(1) Petite ville des anciens États Romains, patrie de Santorius et de saint Benoît, où la condition indispensable pour arriver aux dignités était de
ne savoir ni lire, ni écrire.

qui travaillaient dans une chambre à côté,
accoururent, et virent couché sur l'Abbé
leur maître qui ne cessait de crier à l'aide
et de demander des cordes, serrant et
comprimant son homme, et poussant
des cris si assourdissants que le moine
ne pouvait se faire entendre. Les ouvriers
apportèrent un paquet de cordes, et
Tasso, aidé par eux, ficela les bras et les
jambes, voire tout le corps du moine, de
telle sorte que le pauvre diable pouvait
à grand'peine remuer ; ensuite on l'empoigna brutalement et on le porta dans
une chambre voisine, où on le laissa
dans l'obscurité.

Les compagnons de l'Abbé étaient
accourus au tumulte ; ils étaient déjà à
l'intérieur de la bibliothèque et occupés
à la regarder : ils ne purent donc venir
à l'instant même, mais ils arrivèrent
juste au moment où Tasso et ses gens
emmenaient notre homme chargé de
liens ; ils en furent fort affligés et deman-
dèrent à grands cris ce que cela voulait

dire, pourquoi on avait garrotté leur abbé et où on le menait ainsi ? Tasso répondit et affirma sous serment que s'il n'avait pas été si leste à le retenir, l'Abbé se serait jeté à terre à bas du cloître, qu'il l'avait, pour son bien, lié et fait mettre dans un lieu obscur : de cette façon le moine se calmerait, il rentrerait en lui-même plus facilement et plus vite, car il avait vraiment tout à fait perdu la tête.

Les moines ne cessèrent de crier, de se plaindre à diverses personnes accourues au bruit et de demander leur abbé. Mais Tasso les paya en monnaie de singe et s'esquiva avec la clef de la chambre où était enfermé le moine ; il s'en alla dans une petite rue où, ayant trouvé Piloto et Tribolo avec ses amis et ses compagnons de plaisir, il leur raconta par le menu tout ce qui lui était arrivé avec messer l'Abbé et les fit crever de rire.

L'Abbé, bien triste de se trouver dans la situation où je viens de vous le montrer, et ne sachant pourquoi il y était,

avait l'esprit tellement troublé qu'il ne
pouvait encore se rendre bien compte
s'il s'agissait de lui ou bien d'un autre,
s'il dormait ou s'il veillait; en effet, l'a-
venture avait été si brusque, qu'il lui
semblait encore rêver; et, la mémoire
presque perdue, il se demandait comment
tout cela était arrivé. A la fin, se sentant
las et brisé, s'apercevant que les reins lui
faisait horriblement mal, et se voyant
chargé de liens au point de ne pouvoir
faire un mouvement, et enfermé on peut
dire en prison, il se mit à crier, à hurler
si fort qu'on eût cru qu'il avait le feu
aux pieds; il abasourdit tout le couvent.
Ses moines, eux aussi, criaient pour le
même motif, demandant la clef, appelant
Tasso; comme on ne savait pas où il
était, le prieur de Saint-Laurent, accouru
au bruit, fit vite chercher un serrurier et
ouvrit la chambre, où l'on trouva l'Abbé
à demi mort; on le releva et le délia
bien vite, pendant qu'il ne cessait de
crier : « Je suis mort ! » et ses moines

le portèrent à bras dans la chambre du prieur; là il raconta à tout le monde, non sans douleur et avec une extrême indignation, ce qui lui était arrivé. Il criait justice, demandait raison, ne pouvait accepter que des hommes de bien, des religieux comme lui, fussent maltraités de telle façon par un artisan; et il menaçait de se plaindre au Pape, rien de moins.

Le Prieur éprouvait de tout cela un déplaisir extrême, il fit mettre l'Abbé dans une litière et le fit porter à Santa Trinita; pendant le trajet, le moine ne fit que gémir et se plaindre : il y avait de quoi. Dans le couvent les plaintes furent grandes aussi; le hasard fit que le Général y arriva sur ces entrefaites; on lui dit ce qui s'était passé, et il s'en alla, furieux, trouver le Cardinal à qui le fait parut étrange et inconvenant; il ordonna donc au Vicaire de mettre la main sur Tasso; pour exécuter cet ordre et, par exprès commandement des Huit, toute

la bande du Bargello fut mise en mouvement et le chercha, comme s'il eût été
le plus grand voleur du monde; Tasso
apprit tout cela, et comme c'était déjà
l'heure de l'*Ave Maria*, il prit le parti
d'aller au palais où il fut caché par messer
Amerigo de San Miniato, son ami, favori
du Cardinal.

Le soir, Monseigneur soupa avec le
Magnifique (1). Pendant qu'on était à
table, on causa de cette affaire et le Cardinal se mit à blâmer Tasso, à le menacer,
disant qu'il fallait avoir des égards pour
des religieux et pour des étrangers. Mais
le Magnifique le défendait en disant:
« Tout cela ne s'est point passé comme
» on le raconte et il faut entendre l'autre
» partie. » Messer Amerigo, dès qu'il
eut entendu ces paroles, fit dire à Tasso
de sortir de sa cachette et de venir, qu'il
était temps de parler. Tasso arriva aussitôt,
se découvrit, salua Monseigneur et le

---

(1) Laurent de Médicis, dit le Magnifique.

Magnifique, et se mit ensuite à parler en
ces termes : « Je me présente, Monsei-
» gneur, devant Votre Seigneurie, pour
» me justifier à propos de ce qui m'est
» arrivé aujourd'hui avec certain moine ;
» à cause duquel vous avez donné ordre
» de m'arrêter comme un assassin de
» grand chemin. »

Il prit l'histoire dès le commencement
et raconta tout, mais non pas exactement
comme cela s'était passé, avec tant de
grâce et en termes si bien choisis que le
Cardinal lui-même ne put se tenir de rire ;
cependant, il se tourna vers Tasso l'air
irrité et lui dit : — « Les frères de l'Abbé
» racontent le fait d'autre manière ; ils
» affirment que, d'après l'Abbé, c'est toi
» qui l'as jeté à bas de cet escalier, que
» tu l'as fait lier, que, pour lui faire
» honte plus encore, tu l'as fait enfermer
» dans l'obscurité et que tu t'en es allé
» avec la clef. — Monseigneur, » répondit
Tasso, « je vous dis qu'il est fou, et il
» lui a pris un bon accès de son mal ; si

» je n'avais été si prompt, il se jetait à
» bas du cloître, je vous l'ai dit, j'étais
» témoin du fait, et il se cassait le cou ;
» n'en doutez pas, il est fou, bien fou ;
» et, quelle que soit la vérité, croyez-
» vous que jamais homme en possession
» de son intelligence et de son bon sens
» dirait que la coupole de Norcia est plus
» belle et faite sur un plan plus gran-
» diose que votre coupole de Santa
» Maria del Fiore ? — Certainement, »
répliqua alors le Magnifique, « pour ce
» seul propos, l'Abbé méritait d'être lié
» avec des câbles plutôt qu'avec des
» cordes : Tasso a mille fois raison et,
» pour ma part, je crois que ce moine
» est non seulement un fou, mais encore
» un possédé ; aussi veux-je prendre en
» main la cause de Tasso et la défendre ;
» demain, je me présenterai devant le
» Vicaire pour être son avocat. » Puis
se tournant vers Tasso, il lui dit presque
en riant : « Va-t'en souper, et demain
» matin, quand il en sera temps, va tra-

» vailler à ton ordinaire, je me charge de
» tout; » et il le fit accompagner jusqu'à
sa maison par deux estafiers.

Le Cardinal était homme d'esprit.
Quand il vit ce que voulait le Magnifique, il fit dire au Vicaire et au bargello
de laisser Tasso tranquille. Les moines
n'ayant pu avoir audience le jour suivant,
prirent le parti le plus sage et se turent;
mais ils donnèrent à entendre à leur abbé
que Tasso avait reçu quatre coups de
corde et qu'il avait été mis aux galères
pour deux ans, ce qui fit au bonhomme
un extrême plaisir; peu de jours après,
il était guéri et il continua son voyage.

—

*BRANCAZIO MALASPINI, passant avant
le jour en dehors de la porte de la Justice, a,
pour un fait de nulle importance, si grand'-
peur, qu'il est sur le point d'en mourir.*

ILVANO, voyant que Lidia avait
achevé son histoire, se prit à
dire, pendant que tout le
monde riait de l'ignorance, de
la vanité de messer l'Abbé,
de la hardiesse de Tasso, et tout en riant lui
aussi : « Charmantes dames et vous, amou-
» reux jeunes gens, je veux, au lieu de vous
» faire rire, vous étonner avec mon histoire en
» vous racontant la peur qu'eut un jeune
» homme passionnément épris, un de nos
» concitoyens de Florence, en rentrant une
» nuit de chez sa dame : peur telle qu'il fut

» sur le point d'en perdre la vie ; » et il
continua :

Le jeune Francesco del Bianco, qui
fut, dans son temps, un homme de haute
condition, de jugement solide, mais avant
tout très beau causeur (nul ne savait
mieux que lui raconter une histoire ; il
avait une prestance magnifique, une
mémoire excellente, une bonne voix et
une prononciation parfaite), le jeune
Francesco, dis-je, avait coutume de
conter souvent, entre autres belles choses,
l'aventure d'un jeune homme de Florence, nommé Brancazio Malaspini ;
qui s'était épris, comme cela arrive à la
plupart des jeunes gens, d'une très belle
dame, dont la demeure était à Ricorboli,
un peu en dehors de la porte de San
Niccolò. C'était la femme d'un homme
du pays qui exploitait une tuilerie. Il
arrivait souvent que Brancazio couchait
avec elle, pendant que le mari passait sa
nuit à surveiller la cuite de ses tuiles et

de sa chaux, tant il avait su se bien conduire et bien diriger son amour ! Pour
que personne, ni mari, ni voisin, n'eût
aucun soupçon, il s'en allait le soir à
San Niccolò par le guichet de la porte,
et, le matin, deux heures avant le jour,
il passait le bac à Rovezzano ; il s'était
fait un ami du passeur en le payant très
bien ; puis, longeant le cours de l'Arno
et arrivé à la porte de la Justice, il gagnait,
en suivant les murs, la porte de la Croce
et rentrait à Florence par le guichet, qui,
à cette époque, s'ouvrait à toute heure ;
enfin, il allait se coucher dans sa maison,
si bien que personne au monde n'aurait
jamais pu l'épier.

Or advint une fois, entre autres, qu'en
rentrant de chez sa bien-aimée, après
avoir passé le bac, et tout en cheminant
le long de l'Arno, il lui sembla, au
moment où il se trouvait en face des
fourches patibulaires, entendre une voix
qui lui disait quelque chose comme *Ora
pro co* ; il s'arrêta, tourna les yeux vers

les fourches, et crut voir trois ou quatre
objets semblables à des hommes s'y
balancer comme des pendus. Il demeura
fort hésitant, et ne sachant que faire ; il
y avait encore une heure au moins avant
le jour, la nuit était obscure et sans lune,
il ne pouvait s'assurer si c'étaient des
ombres ou des objets réels qu'il voyait ;
mais, tout en réfléchissant, il entendit
encore une fois dire à voix basse : *Ora
pro eo*, et il crut voir quelqu'un se démener
en haut de l'échelle. Aussi Brancazio,
qui était brave, et qui s'était toujours
moqué des esprits, des sortilèges, des
enchantements et des diables, se dit à
part soi : « Serai-je donc assez faible,
» assez lâche pour ne pas m'assurer de
» ce que je crois voir ? pour hésiter devant
» une ombre vaine, pour la craindre ? »
Aussitôt dit, il marcha vers les fourches,
d'un pas hardi, y arriva en un instant et
sauta dans le petit pré qui les entourait.

Il y avait à cette époque à Florence
une femme folle qui se nommait Biliorsa ;

s'étant trouvée la nuit par malheur hors
de la ville, comme cela lui arrivait souvent, elle était venue auprès des fourches
et avait cueilli dans les champs (on était
alors au mois d'Août) dix ou douze
citrouilles ; elle les avait amenées, comme
si c'était des hommes, au pied de l'échelle
des fourches, et, les tirant en haut une
à une, elle les pendait, imitant tour à
tour le bourreau et les aides. Elle les
avait cueillies avec les tiges les plus longues qu'elle avait pu, et elle leur donnait
deux ou trois secousses ; puis elle laissait
les citrouilles ainsi pendues se balancer :
c'était là, lui semblait-il, un très joli jeu.
Justement quand Brancazio était monté,
elle voulait en mettre une en mouvement,
mais elle s'arrêta et lui cria : « Attends,
» oh ! attends, je vais te prendre, toi
» aussi ! » et elle était si pressée qu'elle
laissa tomber de sa main la citrouille
qu'elle tenait, puis se mit à descendre
l'échelle, légère et agile comme un chat.

Brancazio, au son de cette voix, et sou

l'impression du coup produit par la chute
de la citrouille, voyant cette femme qui
descendait si précipitamment, fut pris
tout à coup d'une si belle peur que les
forces lui manquèrent aussitôt, et que
son sang s'arrêta et se figea dans ses
veines ; il se figurait avoir affaire au diable ou au loup-garou ; enfin, il tomba à
terre, comme s'il était vraiment mort.

Bìliorsa, arrivée au bas de l'échelle,
voulut la faire gravir à Brancazio évanoui,
comme elle l'avait fait gravir aux citrouilles ; mais elle n'y réussit pas, parce qu'elle
pouvait à grand'peine le remuer ; alors,
elle dénoua son tablier, en entoura le cou
de Brancazio, et le tira tant qu'elle l'amena
jusqu'au premier échelon ; arrivé là, elle
l'y laissa sans y penser davantage. Puis,
lorsqu'elle eut fini de pendre ses autres
citrouilles, elle s'en alla par ailleurs, là
où la conduisait le hasard ou sa folie.

Sur ces entrefaites, le jour parut ; les
ouvriers des champs se levèrent ; d'autres
personnes encore passèrent par la route

I   14

en se rendant à la ville; chacun, à cet
aspect, demeurait profondément étonné
de voir les fourches en fête, quand des
passants, s'approchant davantage, virent
Brancazio sur le premier échelon, qui
avait le cou serré et semblait mort. La
nouvelle se répandit vite, une foule de
monde accourut; on finit par le reconnaître et chacun le tenait pour mort;
mais on ne pouvait et ne savait s'imaginer
par qui et comment il avait été amené
là, et on était extrêmement surpris de
voir ces citrouilles. Le père de Brancazio
arriva bientôt, accompagné de bien des
gens; tout en pleurant, il fit prendre le
corps de son fils et le fit porter à l'église
du Terupio; on le mit sur le lit du prêtre,
et, l'ayant dépouillé de ses vêtements, on
examina avec un soin infini toutes les
parties de son corps; un médecin, qui
était arrivé en toute hâte, trouva un peu
de chaleur sous sa mamelle gauche et
dit : « Cet homme est encore vivant; »
il le fit installer sur une civière et porter

aux bains chauds, à Florence, où, l'ayant
mis dans une chambre très chaude, il lui
donna tant de douches d'eau froide, le
frictionna si bien avec du vinaigre et du
vin de Malvoisie, et employa tant d'autres moyens, que, finalement, il le fit
revenir à lui.

Quand il eut repris ses sens, Brancazio
resta plus d'une heure sans parler et plus
de trois heures sans répondre à propos :
il ne savait pas dans quel monde il était.
Si bien que, son père l'ayant fait porter
chez lui, il fallut lui tirer du sang et le
soigner pendant bien des semaines avant
qu'il fût guéri ; pendant sa maladie, son
corps avait pelé complètement, de sorte
qu'il ne lui resta ni un cheveu, ni un
poil à montrer en signe de guérison ; bien
pis encore, ni poils, ni cheveux ne repous-
sèrent jamais ; sa tête paraissait la chose la
plus étrange du monde quand on la voyait
par derrière, et personne ne se serait avisé
de le reconnaître, comme il arrive souvent à ceux qui ont cette forme étrange

du mal Français qu'on appelle la pelade :
et ce fut la peur seule qui lui valut tout
cela.

Si Biliorsa n'était pas revenue le soir,
vers le coucher du soleil, détacher ces
citrouilles, ce qui permit de la voir et
d'expliquer aisément toute l'aventure, le
monde entier n'aurait pas pu faire sortir
de la tête de Brancazio l'idée qu'il avait
vu le diable en personne, et que quelque
nécromant, enchanteur, sorcier ou magicien, avait changé en citrouilles ces
hommes qu'il avait vus pendus.

DIXIÈME NOUVELLE

—

SER ANASTAGIO, homme d'âge, devient, sans aucune raison, jaloux de sa jeune femme ; elle s'en aperçoit, et, de colère, elle fait en sorte d'en venir à ses fins avec un sien amant ; un malheur arrive à son mari et elle épouse son amant.

ILVANO avait raconté son histoire, qui avait extrêmement diverti les jeunes gens et les dames, et qui lui avait valu les éloges de tous; alors Cintia, qui était la dernière à parler, tous les autres ayant payé leur tribut, s'exprima en ces termes d'une voix douce et sonore : « Quelle
» Nouvelle pourrai-je jamais vous raconter,
» charmantes dames et aimables jeunes gens,
» qui ait, non pas dans son ensemble, mais
» seulement dans quelqu'une de ses parties,

I   14.

» autant de charme et d'intérêt qu'en ont eu
» les belles et bonnes histoires racontées par
» vous ? Cependant, je veux faire mon devoir ;
» je chercherai à vous satisfaire le plus que
» je pourrai et le mieux que je saurai, en vous
» racontant comment une bonne dame fit
» mourir son mari du mal que lui-même avait
» follement recherché »

Il y avait dans notre cité même (je ne
vous parle pas de longtemps) un notaire
qui s'appelait ser Anastagio dalla Pieve.
Venu tout jeune à Florence, il fut d'abord
pédagogue dans la maison des Strozzi, où
il amassa assez d'argent pour obtenir une
charge ; il avait commencé à bien gagner
au palais du podestat ; avec le temps, il
devint riche, et comme, vieux déjà, il ne
savait à qui laisser son bien, il résolut de
prendre femme. Ne se préoccupant guère
de la dot, il choisit par hasard une jeune
fille, noble et belle, à qui il donnait,
excepté au lit cependant, tout ce qu'elle
pouvait désirer et demander : le bonhomme s'était épris pour elle d'un tel

amour, qu'il était devenu l'être le plus
jaloux du monde; il mettait à la bien
garder plus de sollicitude et de soin qu'à
acquérir des clients ou à chercher des
contrats à rédiger.

La jeune fille, qui se nommait Fiammetta, s'aperçut en peu de temps des
vilains soupçons de son mari. Elle avait
le sang noble et le cœur généreux : cela
la mit dans une telle colère, qu'elle résolut
de faire ce que, sans cela, elle n'aurait
jamais pensé à faire. S'apercevant qu'un
médecin son voisin, récemment revenu
de Paris où il avait été faire ses études,
homme de trente-cinq ans ou environ, fort
agréable et fort gracieux, la dévorait des
yeux avec une étrange persistance, elle
se mit à lui faire bonne figure, ce qui
rendit le médecin très heureux. Il passa
plus souvent devant la maison de la
dame, qui, à force de lui faire chaque
jour meilleure mine, finit par s'éprendre
de lui.

Comme ils s'adoraient l'un l'autre, ils

ne désiraient rien plus vivement que de
se trouver ensemble, mais ne pouvaient
en venir à bout, à cause d'une vieille
servante que le mari entretenait chez lui
uniquement pour qu'elle gardât sa femme
pendant le jour ; la nuit, il la gardait lui-
même. Tout cela était fort désagréable à
Fiammetta et à son cher Giulio (ainsi se
nommait le médecin). Cependant la jeune
femme, qui se mourait de désir, résolut
de trouver un moyen de se donner un
peu d'agrément : il lui vint à l'esprit une
ruse qui devait lui permettre de se trouver
avec son médecin et de se divertir avec
lui, et elle l'en avisa par lettre. Quand ils
furent bien convenus de ce qu'ils voulaient faire, une nuit, au moment du premier sommeil, la bonne femme se mit à
crier bien fort et à dire : « O ser Anas-
» tagio ! oh ! mon mari ! je meurs, je
» meurs ! venez à mon secours, pour
» l'amour de Dieu ! »

Ser Anastagio, éveillé, sauta aussitôt
hors de son lit en chemise ; il appela ses

servantes qui accoururent bien vite avec
une lampe allumée pour soigner leur
maîtresse, laquelle ne cessait de gémir, de
se plaindre, de dire qu'elle avait des douleurs dans tout le corps et qu'elle sentait
son ventre enfler. On lui fit chauffer des
serviettes et des feuilles de chou ; mais
on ne savait plus que faire, en voyant que
rien ne servait, que son mal et ses cris
augmentaient sans cesse ; elle disait :
« Malheureuse ! pauvre femme que je
» suis ! oh, mon cher mari, j'éclate, j'é-
» clate ; à l'aide ! au secours ! mon doux
» mari, je vous en prie ! » et elle fixait
sur lui les yeux les plus égarés qu'on ait
jamais vus.

Ser Anastasio pleurait d'attendrisse-
ment ; craignant qu'elle ne mourût entre
ses mains, il résolut d'aller chercher le
médecin, et, pour rassurer un peu sa
femme, il le lui dit, ce à quoi elle
répondit : — « Hélas ! faites vite, mon
» bon mari, pour l'amour de Dieu ! vite,
» vous dis-je, ou vous n'arriverez pas à

» temps. — N'en doute pas, » répliqua
le mari ; « pour faire plus vite, je vais
» aller là, en tournant le coin, chez notre
» voisin maître Giulio. — A la bonne
» heure ! » reprit Fiammetta, « ne tardez
» pas. Hélas ! je vais mourir, s'il ne
» vient pas vite me donner quelque
» remède. »

Le notaire ne tarda pas un instant, il
partit tout de suite, et, sans trop frapper,
il fut entendu du médecin qui se tenait
aux écoutes ; si bien qu'au bout d'un
moment, tous deux entrèrent dans la
chambre où la dame se désespérait. Le
médecin la salua et la rassura aussitôt,
puis il lui tâta le pouls et la palpa partout ;
enfin, se tournant vers le mari, il lui dit :
« Elle a mangé quelque chose de véné-
» neux, ou bien c'est la matrice qui la
» tourmente. Il vous faut, si vous voulez
» la tirer d'affaire, aller chez l'apothicaire
» qui a des étoiles pour enseigne, et faire
» faire un électuaire dont je vais vous
» donner l'ordonnance et qui est le

» remède souverain, et contre le poison
» et contre l'hystérie. — Cela est facile, »
répondit le mari, « mais faites attention
» que j'arrive à temps. — Soyez tran-
» quille », répliqua le médecin, « je lui
» ordonnerai en attendant un topique
» qu'on pourra faire à la maison et nous
» le lui appliquerons, ces servantes et
» moi. — Allons, soit ! » dit ser Anastagio. On apporta de quoi écrire, le
médecin fit une ordonnance extravagante,
et envoya le mari chez cet apothicaire qui
demeurait dans la maison où il avait sa
boutique. Il resta, lui, auprès de Fiammetta, qui criait toujours; mais quand
elle entendit son mari fermer la porte,
elle se mit à crier bien plus fort, à hausser
le ton, faisant semblant d'avoir bien plus
de mal; elle remplissait la maison de
bruit. Le médecin dit alors aux servantes
d'apporter de l'huile et de la farine pour
le topique, qu'il allait aussi faire un
enchantement, parce qu'il ne voyait pas
d'autre moyen de la conserver en vie; et

se tournant vers elles, il leur dit de lui
apporter un verre de vin et un verre
d'eau, ce qui fut fait aussitôt. Il en prit
un de chaque main, et, après avoir fait
mine de prononcer sur les deux verres
je ne sais quelles paroles, il les tendit à
Fiammetta, le vin de la main droite, l'eau
de la main gauche, et lui dit de boire
quatre gorgées de l'un et quatre gorgées
de l'autre ; puis, il dit aux servantes que
si elles voulaient conserver en vie leur
maîtresse, il leur fallait aller de suite l'une
à l'endroit le plus haut, l'autre à l'endroit
le plus bas de la maison et y réciter
quatre chapelets, en signe de respect
pour les quatre Évangélistes ; il leur
recommanda de les dire doucement et
tout entiers, et de ne revenir à aucun
prix, avant de les avoir complètement
terminés.

Les servantes crurent qu'il fallait vraiment obéir, et, bien que cela leur déplût
fort, ne pensant pas à autre chose qu'à
guérir leur maîtresse, qui poussait des

cris tels qu'elle semblait à chaque instant
rendre le dernier soupir, la vieille s'en
alla dans la cave et la jeune sur le toit,
chacune avec son chapelet.

Sitôt qu'elles eurent le pied hors de la
chambre, maître Giulio laissa de côté
l'eau, le vin et les enchantements, comme
la bonne dame les plaintes et les cris, et
ils jouirent l'un de l'autre avec toute
l'ardeur que vous pouvez imaginer. Ils
eurent tout le temps, car ser Anastagio
avait été dans la rue de Fiesole; il fut un
bon moment avant d'y arriver et d'être
servi par le pharmacien; il attendit même
si longtemps, qu'il ne comptait plus
retrouver sa femme vivante : enfin,
messer le médecin put mettre trois fois
dans la quintaine, au grandissime et merveilleux plaisir des deux parties.

La chose faite, il leur sembla que le
moment était venu pour les servantes ou
pour le notaire de revenir; la dame fit
mine de dormir et le médecin se mit à
genoux en ayant l'air de lire quelques-

unes de ses vieilles paperasses. Les servantes avaient fini de dire leur chapelet;
elles revinrent presque en même temps,
l'une de la cave, l'autre du toit. La vieille
entra dans la chambre la première pour
voir où en était sa maîtresse; mais quand
elle vit le médecin à genoux, courbé
jusqu'à terre, qui marmottait entre ses
dents, pendant que la dame était couchée
dans son lit, paisible et tranquille, et avait
l'air de dormir, elle pensa qu'elle était
morte et voulut crier, faire du bruit; le
médecin l'en empêcha, il lui dit de se
taire, que sa maîtresse était guérie et
que le sommeil lui procurait un repos
salutaire. Après cela il demanda à la vieille
et à l'autre aussi, qui venait d'entrer dans
la chambre, si elles avaient fini de réciter
leur chapelet; elles répondirent que oui;
alors il se leva droit sur ses pieds juste
au moment ou ser Anastagio frappait à
la porte; une servante alla vite lui ouvrir
et il entra, tout ému, tout essoufflé,
apportant le topique et craignant de

trouver sa femme passée de vie à trépas.
Giulio lui dit aussitôt : « Votre femme
» se porte comme un charme ; grâce à
» Dieu, elle est guérie ; il n'y a plus
» besoin de remèdes. » Et il lui raconta
tout, lui disant comme, faute d'autre
chose, il avait été forcé d'avoir recours
aux enchantements.

Sur ces entrefaites, la dame fit semblant de se réveiller ; elle se tourna toute
riante et toute gaie du côté de son mari,
et lui dit : « O mon cher mari, soyez sûr
» que vous avez arraché au tombeau votre
» Fiammetta ; et rendez-en grâce à notre
» Seigneur Dieu d'abord, et ensuite à maî
» tre Giulio. » Ser Anastagio ne cessait de
remercier Dieu et le médecin de cet heureux évènement ; tout plein d'allégresse,
il voulut donner à Giulio un florin d'or ;
mais le médecin répondit qu'il n'avait pas
coutume de recevoir de l'argent pour des
soins de ce genre ; après des offres plusieurs fois renouvelées et toujours suivies
de refus polis, il prit enfin congé des deux

époux et s'en alla dans sa maison. Le
mari envoya les servantes au lit et se coucha avec sa femme ; ils étaient enchantés
tous les deux.

Le lendemain matin, ser Anastagio,
ayant affaire au Proconsul pour certaines
causes importantes qu'il avait entre les
mains, se leva de bonne heure, laissant
reposer sa femme ; car il pensait qu'elle
devait en avoir très grand besoin à cause
des fatigues de la nuit précédente. Il
s'habilla vite pour sortir, et son malheur
voulut qu'en descendant l'escalier, il tré-
bucha sur la première marche et dégrin-
gola jusqu'en bas ; entre autres blessures,
il se fracassa une tempe, ce qui lui fit
perdre connaissance. Les servantes accoururent au tapage toutes deux, ainsi que
Fiammetta ; elles descendirent et trouvèrent le pauvre homme renversé à terre,
la figure pleine de sang du côté de l'oreille
gauche, de sorte qu'elles crurent fermement qu'il était mort ; à leur cris, à leurs
lamentations, tout le voisinage accourut ;

on porta bien vite sur son lit le notaire
meurtri et sanglant et on envoya chercher
deux chirurgiens, les premiers de Florence; puis on lui frotta tant les pieds
avec de l'eau froide et du vinaigre, qu'il
reprit connaissance avant l'arrivée des
médecins; ceux-ci, après l'avoir bien examiné et avoir sondé sa blessure, le jugèrent perdu et dirent qu'il fallait le faire
confesser, qu'il en avait pour peu de
temps.

Ne me demandez pas si Fiammetta
faisait mine d'avoir du chagrin, d'éprouver
une grande douleur; cela ennuyait et déso-
lait son mari plus que le mal lui-même.
Aussitôt qu'il eut repris ses sens, il fit
son testament; comme il n'avait pas de
parents qui dussent légitimement hériter
de lui, il laissa libéralement à sa femme
tout ce qu'il possédait, et la constitua
héritière de tous ses biens meubles et
immeubles, sans lui imposer aucune
obligation, aucune charge, uniquement
pour lui montrer clairement le très ardent

et incomparable amour qu'il lui portait.
Fiammetta, qui en était fort contente en
elle-même, pleurait de manière à faire
croire qu'elle voulait laisser couler de ses
yeux sa vie avec ses larmes : si bien que
ser Anastagio, s'oubliant lui-même, était
obligé de la consoler et de la réconforter.
Il lui disait qu'elle demeurait riche; il
lui faisait une seule prière, lui demandait
une seule grâce : c'était de ne pas se
remarier et de tout laisser après sa mort
à l'hôpital des Innocents; ou, si elle se
remariait, de donner à son premier fils
mâle le nom d'Anastagio, afin d'avoir un
motif de se souvenir longtemps de lui.
Sa femme, toujours pleurant, lui promit
largement tout ce qu'il voulut; le soir,
l'état du pauvre homme empira beaucoup et il perdit la parole; la même nuit,
il mourut.

Fiammetta, après avoir témoigné à son
père et à ses frères, qui étaient venus la
voir, un immense chagrin, fit honorable-
ment enterrer son mari le jour suivant;

elle donna à la vieille servante, qui était restée longtemps dans la maison, une bonne récompense outre ses gages et la renvoya ; quant à la jeune, elle la maria. Elle-même, restée riche et se sentant jeune, résolut, contrairement à la volonté de son père et de tous les siens, de se remarier ; comme elle se souvenait de son cher Giulio, qu'elle l'avait même toujours présent à l'esprit, l'ayant trouvé aux joutes d'amour vaillant et hardi cavalier, elle entretenait avec lui dans le plus grand secret les relations les plus étroites. Giulio, de son côté, ne désirait pas moins qu'elle le mariage, pour toutes sortes de raisons ; si bien qu'à la fin ils se marièrent le plus honnêtement du monde. Ils vécurent longtemps ensemble, se rassasiant de plaisir, très riches et contents, voyant leur fortune et leur famille s'accroître chaque jour. Fiammetta observa en temps et lieu la promesse faite à son mari, et elle donna à son premier fils mâle le nom d'Anastagio.

Quand Cintia eut achevé de raconter sa Nouvelle, qui avait fait rire toute la compagnie (sauf toutefois le malheureux accident du notaire qui avait attristé tout le monde et excité une vive commisération), on décerna beaucoup d'éloges à la dame avisée et au bon médecin. Il ne restait plus personne qui dût parler. Amaranta, reprenant la parole, dit d'une voix mélodieuse : « Puisque, avec » l'aide de celui qui a tout pouvoir et toute » science, nous avons fini les histoires de » cette première soirée, il me semble que » chacun peut, à son gré, aller faire ce qu'il » voudra et ce qui lui plaira davantage ; mais » à condition de revenir bien vite, pour que » nous puissions souper, dès que l'heure » sera venue. »

Cette proposition plut infiniment et fut approuvée par tout le monde ; on appela les domestiques et les servantes, on fit allumer de la lumière ; les jeunes gens allèrent dans les chambres du rez-de-chaussée, les dames se rendirent avec Amaranta dans sa chambre et dans les autres pièces au-dessus de la salle de réunion ; peu de temps après, ils revinrent tous l'un après l'autre ; la table était prête.

On donna l'eau pour les mains, et, après
avoir pris un bon air de feu, tout le monde
s'assit, les dames en dedans et les hommes
en dehors, à une table sur laquelle on servit
en abondance des mets excellents et des vins
précieux. Après avoir soupé gaiement, on
causa un peu des Nouvelles qui avaient été
racontées et l'on s'en retourna auprès du feu,
où, en se chauffant et devisant des deux
soupers qui restaient à faire, on décida que
le Jeudi soir suivant la réunion aurait lieu de
meilleure heure. On se sépara avant l'*Ave
Maria ;* les dames prirent honnêtement congé
des jeunes gens et allèrent avec Amaranta
dans leurs chambres ; quant aux jeunes gens,
ayant descendu les escaliers, les uns restèrent
à dormir avec Fileno, les autres, accompagnés de leurs serviteurs portant des torches,
s'en retournèrent dans leurs maisons.

LES SOUPERS DU LASCA

DEUXIÈME SOUPER

INTRODUCTION

—

 ES jeunes gens et les gentilles dames avaient tous une égale envie de se retrouver ensemble, et un si vif désir de se réunir pour se raconter des Nouvelles, que cette semaine leur avait paru longue comme une année : aussi, le Jeudi arrivé, tout le monde se trouva-t-il à l'heure indiquée au lieu désigné. Lorsque le moment lui parut venu, Amaranta, qui avait

fait préparer un grand feu et arranger les
sièges en ordre, sortit toute joyeuse de sa
chambre avec les dames, vint dans la salle
et fit aussitôt appeler par un serviteur les
jeunes gens qui étaient, elle le savait bien,
à attendre dans les chambres du rez-de-
chaussée. Tous se présentèrent en un instant, gais et empressés; quand ils eurent
salué les dames et leur eurent offert leurs hom-
mages, Amaranta, s'asseyant la première,
fit asseoir à côté d'elle d'abord Florido, puis
Galatea, et ainsi de suite chacun à sa place.
Elle était grande et bien faite de sa personne,
avec un beau visage, un front plein de ma-
jesté, des yeux d'une douceur infinie, une
bouche charmante; elle s'exprimait avec
gravité; elle mettait à tous ses gestes, à tous
ses mouvements, beaucoup de grâce et de
délicatesse; ses vêtements et sa parure étaient
d'une grande simplicité, comme les veuves
ont chez nous coutume de les porter dans leur
intérieur; elle avait sur la tête un mouchoir
fin, un autre autour du cou; sur sa jupe noire,
elle portait une seconde jupe également noire,
mais cependant élégante et faite du drap le
plus fin : si bien, qu'à la regarder avec

attention, elle semblait plutôt une Déesse descendue du ciel, qu'une femme mortelle de ce bas monde.

Après avoir gracieusement promené ses regards autour d'elle, après avoir bien considéré quelque temps la gaie compagnie, elle se mit à parler ainsi, au milieu d'un profond silence : « Puisque les Nouvelles de ce soir
» doivent être plus longues que celles de la
» soirée précédente, il me semble, braves
» jeunes gens et charmantes jeunes filles,
» que plus tôt on commencera, mieux cela
» vaudra ; de la sorte, le temps ne nous man-
» quera pas, le souper ne sera pas brûlé et
» ne se prolongera pas dans la nuit, contre
» notre gré à tous : ainsi, sans autre exorde,
» sans répandre devant vous des fleurs de
» rhétorique, j'en viens au fait ; mais avant
» tout et à l'exemple de Ghiacinto qui a
» invoqué le secours d'en haut, je prie
» Celui qui a tout fait et qui conserve tout
» en ce monde, d'accorder à chacun de nous
» cette grâce, que tout ce qui sera dit ce
» soir tourne à sa gloire. J'en viens mainte-
» nant à ma Nouvelle : »

I

LAZZARO, *fils du docteur Basilio, de Milan, va voir pêcher Gabbriello son voisin et se noie. Gabbriello, qui lui ressemble beaucoup, se fait passer pour lui, et, quand le bruit de l'accident se répand, il dit que Gabbriello s'est noyé; puis, comme s'il était Lazzaro, il devient maître de tous les biens du fils du docteur; il épouse, comme par pitié, sa propre femme une seconde fois, et vit longtemps avec elle et avec ses enfants, heureux et estimé de tous.*

ISE fut autrefois, comme vous avez pu le voir par vos lectures et comme vous l'avez mille fois entendu dire dans vos conversations, une des cités les plus peuplées et les plus florissantes,

non seulement de la Toscane, mais encore de l'Italie tout entière ; elle était habitée par un grand nombre de citoyens nobles, braves et très riches. Longtemps avant qu'elle tombât sous la puissance et la domination de Florence (1), il y vint par hasard un docteur Milanais qui arrivait de Paris, où il avait étudié et appris l'art de la médecine ; le sort fit qu'il s'y arrêta un peu ; il soigna un certain nombre de gentilshommes, auxquels, Dieu aidant, il rendit en peu de temps la santé perdue ; si bien qu'il vit petit à petit son crédit, sa réputation et ses bénéfices augmenter ; comme la ville lui plaisait, ainsi que le caractère et la manière d'être des habitants, il résolut de ne pas retourner à Milan, mais de se fixer à Pise. Il n'avait laissé dans sa maison que sa mère déjà vieille et il avait appris, peu de jours avant d'arriver à Pise, qu'elle était morte ; n'ayant plus rien à espérer à

---

(1) En 1406.

Milan, il s'établit à Pise et fit sa rési-
dence de cette ville, où en peu de temps
il gagna, en exerçant la médecine, beaucoup d'argent et devint fort riche; il se
faisait appeler le docteur Basilio de
Milan.

Quelques Pisans cherchèrent à le marier, mais on lui présenta bien des partis
avant qu'il en trouvât un qui lui convînt.
A la fin, une jeune fille qui n'avait ni père
ni mère lui plut; elle était noble, mais
pauvre, et n'avait pour dot qu'une maison dans laquelle le docteur, tout joyeux,
après avoir célébré les noces et l'avoir
épousée, vint habiter; sa fortune et sa
famille s'y accrurent, et les deux époux
vécurent heureusement ensemble pendant de longues années. Ils eurent trois
fils et une fille; ils marièrent celle-ci à
Pise quand l'âge convenable fut venu,
ils marièrent aussi l'aîné de leurs fils; le
plus jeune étudiait les belles-lettres;
quant au second, qui se nommait Lazzaro,
il avait employé beaucoup de temps à

apprendre et avait pris une peine inutile ;
cela ne l'amusait guères, il était paresseux,
lourd d'esprit, et, de sa nature, sombre,
rêveur, ami de la solitude ; parlant peu et
si obstiné que, quand une fois il avait
dit non, personne au monde n'aurait pu
le faire changer d'avis. Le père, le voyant
si sot, si grossier et si entêté, voulut se
débarrasser de sa personne : il l'envoya
à la campagne, où il avait acheté, non
loin de la ville, quatre beaux domaines ;
le jeune homme se trouva fort heureux
d'y habiter, les villageois lui plaisant
bien plus que les gens de la ville.

Dix ans s'étaient passés depuis que le
docteur Basilio avait envoyé Lazzaro aux
champs, quand il se déclara à Pise une
étrange et dangereuse maladie : ceux
qui en étaient atteints avaient une fièvre
très ardente, ils s'endormaient aussitôt
et mouraient ainsi en dormant, sans
qu'on pût les éveiller ; de plus, cela se
gagnait comme la peste. Le docteur,
âpre au gain, comme les autres médecins,

fut des premiers à soigner ce genre de
mal, si bien qu'au bout de peu de temps,
l'horrible maladie, véritable poison, s'empara de lui; sirops et médecines n'y
purent rien faire, elle le tua en quelques
heures; elle fut si violente, si contagieuse,
que les autres personnes de la maison la
gagnèrent; enfin, pour ne pas entrer
avec vous dans tous les détails, elle les
envoya sous terre toutes les unes après
les autres, à l'exception d'une domestique. Cette maladie fit à Pise un mal
énorme, et elle en aurait fait un plus
grand nombre encore, si une foule de
gens ne s'étaient sauvés.

Le printemps venu, l'épidémie, qui fut
dans ce temps-là appelée *mal del vermo,*
s'arrêta; les habitants rassurés rentrèrent
à la ville et se remirent à leurs affaires
et à leurs exercices accoutumés. Lazzaro
fut appelé à Pise pour recueillir l'opu-
lente succession de son père; lorsqu'il
en fut entré en possession, il ne prit qu'un
domestique de plus avec la vieille ser-

vante, et il confirma dans ses fonctions
le fermier qui cultivait les terres et veillait aux récoltes.

Toute la terre chercha aussitôt à lui
donner une femme, sans s'occuper de sa
grossièreté et de son entêtement ; mais
il répondit carrément qu'il voulait rester
encore quatre ans célibataire, et qu'après
cela, il y penserait ; dès lors, personne
ne lui en dit plus un mot, car chacun
connaissait son caractère. Il s'occupa
de mener joyeuse vie, mais il ne voulut
pas avoir de relations avec âme qui
vive ; il fuyait la société des hommes,
comme le diable fuit l'eau bénite.

Un pauvre homme, nommé Gabbriello,
demeurait en face de chez lui avec sa
femme qui avait nom Santa et deux enfants, un garçon de cinq ans et une fille
de trois ans ; il ne possédait rien qu'une
petite maisonnette. Mais Gabbriello le
père était excellent pêcheur et excellent
chasseur d'oiseaux ; il faisait à la perfec-
tion les filets et les cages ; avec les pro-

duits de sa pêche et de sa chasse, il sou‑
tenait de son mieux sa famille ; toutefois
il y était aidé par sa femme, qui tissait de
la toile. Ce Gabbriello, Dieu l'avait ainsi
voulu, ressemblait tant de figure à Laz‑
zaro que c'était une merveille : tous deux
avaient le poil roux, leurs barbes étaient
de même longueur, plantées de même
façon, elles avaient même couleur, si
bien qu'ils semblaient jumeaux ; non
seulement ils avaient même taille et
même tournure, mais ils étaient du même
âge, et, comme je l'ai dit, ils se ressem‑
blaient tant que, s'ils avaient été vêtus
de la même façon, personne n'aurait su
les distinguer facilement l'un de l'autre,
la femme elle-même s'y serait trompée.
Les vêtements seuls faisaient la différence,
car l'un portait du drap grossier et l'autre
du drap d'une finesse extrême.

Lazzaro, voyant que son voisin lui res‑
semblait tant, trouva que c'était extraordi‑
naire et qu'il devait y avoir à cela quelque
raison ; il se mit à le fréquenter. Souvent

il envoyait à manger et à boire, à lui et
à sa femme. Souvent même il invitait
Gabbriello à dîner et à souper; ils avaient
ensemble mille entretiens, et Gabbriello
lui faisait croire les plus belles choses du
monde; car, bien bien que pauvre et
d'humble condition, c'était un homme
très fin, très adroit, qui savait s'accom-
moder à l'humeur d'autrui, amuser et
flatter son monde; de sorte que Lazzaro
ne savait plus vivre sans lui. Une fois entre
autres qu'il l'avait à dîner, et que le
gros du repas était achevé, ils se mirent à
parler de pêche. Gabbriello expliqua dif-
férentes manières de pêcher, et notamment celle qui consiste à se plonger dans
l'eau soi-même avec des filets d'une
forme particulière au cou; il en dit tant
de bien, il raconta qu'elle lui procurait
tant de plaisir et d'agrément, que Lazzaro fut pris d'un désir extrême de voir
comment on pouvait pêcher en se plon-
geant dans l'eau, si vraiment on prenait
de gros poissons, non seulement avec

le filet et les mains, mais même avec
la bouche; et il pria ardemment le pêcheur
de le lui montrer. Gabbriello répondit
qu'il était tout à ses ordres s'il voulait
que cela se fît maintenant, parce que,
comme on était au cœur de l'été, il était
facile de le satisfaire. Ils demeurèrent
d'accord de partir tout de suite, se levèrent de table, et sortirent de la maison.
Gabbriello, emportant ses filets, s'en
alla avec Lazzaro hors de la ville par la
porte de Mer jusqu'à l'Arno, le long
d'une palissade qui bordait une digue,
sur une rive où il y avait une grande
quantité d'aulnes, dont les rameaux
élevés et touffus donnaient un ombrage
frais et agréable. Dès qu'ils furent arrivés, Gabbriello dit à Lazzaro de s'asseoir
à l'ombre et de le regarder, il se mit nu,
et prit ses filets sur son bras; pendant
ce temps, Lazzaro assis sur la rive attendait ce qu'allait faire le pêcheur.

Aussitôt que Gabbriello fut entré dans
le fleuve, et qu'il se fut plongé sous

l'eau, il ne tarda guère, car il était
passé maître dans ce genre de pêche, à
prendre dans ses filets, tout en nageant,
huit ou dix petits poissons, tous de
bonne sorte. Lazzaro trouva que c'était
miracle de les prendre si bien sous l'eau,
il éprouva aussitôt un vif désir de mieux
voir; comme le soleil était brûlant et
que, placé tout en haut du ciel, il frappait directement la terre, de telle sorte
que ses rayons semblaient être de feu, il
pensa aussi à se rafraîchir; ils se déshabilla avec l'aide de Gabbriello, qui le
mena à un endroit où il y avait de l'eau
à peine jusqu'au genou et dont le fond
était en pente douce; Gabbriello l'y laissa
en lui disant de ne pas aller plus loin
qu'un pieu qui dépassait un peu les
autres, et après le lui avoir bien montré,
il se remit à la pêche. Lazzaro éprouvait
un plaisir incomparable à se baigner;
tout en se rafraîchissant, il regardait le pêcheur qui remontait toujours à la surface
de l'eau avec les filets et les mains

pleines de poissons, qui même s'en
mettait quelquefois pour rire dans la
bouche : si bien que Lazzaro, étonné
au delà de toute expression, crut que
certainement on pouvait voir clair dans
l'eau ; car il n'avait jamais plongé et il
n'imaginait pas qu'il fût possible de
prendre tant de poissons dans l'obscurité.
Il voulut savoir comment Gabbriello s'y
prenait, et, à un moment où celui-ci
plongea, lui aussi, sans autrement réfléchir, mit sa tête sons l'eau et s'y laissa
aller ; puis, pour mieux voir encore, il
vint tout près du pieu, si bien qu'aussitôt, comme s'il eût été de plomb, il
coula au fond. Ne sachant nager, ni retenir son haleine, il eut peur, et il chercha à remonter en se démenant de toutes
ses forces. L'eau lui entrait non seulement par la bouche, mais encore par le
nez et par les oreilles ; il avait beau se
débattre, il essayait en vain d'en sortir,
car plus il se débattait, plus le courant
l'entraînait là où il avait de l'eau par-

dessus la tête, en sorte qu'il perdit vîte
connaissance.

Gabbriello s'était glissé dans un grand
trou que faisait la palissade, et où il
n'avait de l'eau que jusqu'au nombril;
mais il y voyait quantité de poissons, de
quoi bien remplir son filet, et il ne
se souciait pas d'en sortir de sitôt; aussi
le malheureux Lazzaro, revenu deux ou
trois fois à demi mort à la surface, ne
reparut plus la quatrième fois et se noya
misérablement. Gabbriello, ayant pris
assez de poissons à son gré, sortit avec
son filet plein et se retourna gaiement
pour voir Lazzaro, mais il eut beau tour-
ner les yeux de tous les côtés, il ne le
vit nulle part, ce qui l'étonna et l'effraya;
tout à coup il aperçut ses effets sur le
vert rivage. L'effroi qu'il avait s'en ac-
crut; plus triste et plus effrayé qu'auparavant, il se mit à regarder sur l'eau s'il
le voyait; et enfin, il découvrit le cadavre que le courant avait rejeté du fond
sur la rive. Il y courut, tremblant et

désolé, et trouva Lazzaro noyé ; il en
éprouva tant de chagrin et de frayeur,
qu'il perdit presque le sentiment et devint
semblable à une pierre ; il resta quelque
temps en cet état, à réfléchir sur ce qui
s'était passé, ne sachant se résoudre à
rien. S'il disait la vérité, il craignait
qu'on ne l'accusât d'avoir noyé Lazzaro
pour le voler ; aussi, faisant de nécessité
vertu, et enhardi par son désespoir même,
il résolut de mettre à exécution une
pensée qui venait de se présenter à son
esprit ; il n'avait pas de témoins à craindre,
car presque tout le monde était à prendre
le frais ou à dormir ; il commença donc
par mettre les poissons et les filets dans
une boîte faite pour cet usage, puis il
prit sur son épaule le cadavre de Lazzaro
et, quoiqu'il fût lourd, il le porta sur le
rivage humide, et le posa au milieu des
herbes vertes et vigoureuses ; il ôta ses
propres caleçons et les lui mit, ensuite il
denoua ses filets et les attacha fortement
aux bras du noyé, enfin il le prit de nou-

veau et plongea dans l'eau avec lui, le
déposa au fond, attacha les filets à un
pieu et les entortilla si bien qu'on ne
pouvait les démêler qu'à grand'peine ; il
revint à la surface, remonta sur la rive
et mit la chemise d'abord, puis succes-
sivement tous les effets de Lazzaro,
jusqu'à ses souliers ; après cela, il s'assit,
décidé à faire l'épreuve et tenter à la fortune, d'abord pour assurer son salut, ensuite pour voir s'il pourrait une fois enfin
sortir de sa misère, et si son étonnante
ressemblance avec Lazzaro serait pour
lui la cause d'une félicité sans pareille et
d'un bonheur perpétuel.

Comme il était intelligent et courageux
et que le moment lui parut venu de commencer à mettre à exécution son projet,
non moins hardi que dangereux, il se mit
à courir, comme s'il eût été Lazzaro, et
à dire : « Bonnes gens, à l'aide ! à l'aide !
» Hélas ! accourez ici et venez au secours
» d'un pauvre pêcheur qui ne revient
» pas sur l'eau. » Il fit tant à crier à

gorge déployée que le meunier voisin
accourut au bruit avec je ne sais combien de paysans. Gabbriello, faisant
la grosse voix, pour bien contrefaire
Lazzaro, leur dit presque en pleurant
que le pêcheur, après avoir plongé bien
des fois et pris beaucoup de poissons,
était maintenant depuis bientôt une heure
sous l'eau; c'est pourquoi il craignait
fort qu'il ne fût noyé. On lui demanda
où le pêcheur avait plongé : il montra le
pieu auquel il avait attaché Lazzaro de
la façon que vous savez.

Le meunier, grand ami de Gabbriello,
se déshabilla aussitôt; comme il était
excellent nageur, il plongea au pied de
ce pieu et tout de suite y trouva le pêcheur mort et tout entortillé dans ses
filets; il chercha à le ramener en haut
avec lui, mais ne put le détacher; alors
il remonta plein de douleur en disant :
« Hélas! le pauvre homme est au pied
» de ce pieu, enveloppé dans ses filets,
» noyé et mort sans aucun doute! » Les

autres personnes présentes, étonnées,
montrèrent par leurs paroles et par leurs
gestes que cela leur faisait une peine
extrême ; deux d'entre elles se déshabil-
lèrent et firent tant avec le meunier
qu'elles repêchèrent le corps, le tirèrent
de l'eau et l'amenèrent sur la rive ; il
avait fallu pour cela déchirer à moitié et
rompre les filets, qu'on accusait d'avoir
causé cette mort cruelle en s'attachant
au pieu.

La nouvelle s'étant répandue aux en-
virons, il vint un prêtre du voisinage ;
le corps, mis dans une bière, fut porté
dans une petite église voisine et mis au
beau milieu, afin que tout le monde pût
bien le voir et le reconnaître ; personne
ne doutait que ce ne fût Gabbriello. La
triste nouvelle était déjà arrivée à Pise,
déjà elle était parvenue aux oreilles de
l'infortunée femme de Gabbriello qui
accourut, accompagnée de quelques-uns
de ses voisins et de ses plus proches parents ; elle n'eut pas plus tôt aperçu dans

l'église son mari mort, que croyant que
c'était vraiment lui, elle se jeta à son
cou; elle ne se rassasiait pas de le baiser
et de l'embrasser, l'appelait, la ceinture
détachée, les cheveux en désordre, et ne
cessait de gémir et de se lamenter avec
ses enfants qui tous deux pleuraient à
chaudes larmes; c'était un spectacle à
faire pleurer de pitié et de compassion
quiconque se trouvait là.

Gabbriello, qui voulait beaucoup de
bien à sa femme et à ses enfants, ne
pouvait retenir ses pleurs; leur chagrin
lui faisait trop de peine; aussi, pour consoler la pauvre femme affligée, désolée,
il lui dit en présence de tous, d'une voix
rauque, en tenant sur son visage un
mouchoir pour essuyer ses larmes, et
sur ses yeux un chapeau de Lazzaro,
pour qui tout le monde le prenait :
« O femme, ne te désespère pas, ne
» pleure pas, je ne suis pas homme à
» t'abandonner, puisque c'est pour
» m'être agréable, pour me faire plaisir,

» que ton mari est venu pêcher aujour-
» d'hui contre sa volonté ; il me semble
» donc que je suis en partie cause et de sa
» mort et de la perte que tu éprouves ; aussi
» te viendrai-je toujours en aide et pour-
» voirai-je à tes besoins et à ceux de tes
» enfants ; cesse donc de pleurer, prends
» confiance et retourne chez toi ; tant
» que je vivrai, il ne te manquera rien,
» et si je meurs, je te laisserai de quoi
» vivre largement selon ta condition. »
Il dit ces derniers mots en pleurant et
sanglotant, comme s'il était désolé de la
mort de Gabbriello et du préjudice
qu'éprouvait sa femme ; après cela, il
s'en alla comme s'il eût été Lazzaro,
tout le monde faisant son éloge et chantant ses louanges.

La Santa, qui avait les yeux éteints à
force de pleurer, et la voix perdue tant
elle avait crié, voyant d'ailleurs le moment venu d'enterrer le cadavre, s'en
retourna à sa maison à Pise, accompagnée
de ses parents et un peu réconfortée par

les promesses de celui qu'elle croyait
fermement être Lazzaro son voisin.

Gabbriello, qui ressemblait à Lazzaro
et qui était entré dans sa peau, avait
déjà pénétré dans sa maison, comme s'il
était Lazzaro lui-même; il en connaissait
bien les habitudes, parce qu'il la fré-
quentait beaucoup. Il s'en était allé sans
saluer dans une chambre fort riche qui
donnait sur un magnifique jardin; là, il
tira de la bourse du mort des clefs avec
lesquelles il se mit à ouvrir les coffres
petits et grands; il y trouva d'autres
petites clefs et ouvrit d'autres coffres,
des bureaux, des caisses et des cassettes;
il y vit, sans parler des tapisseries, des
étoffes de laine et de toile, du velours,
du drap, une foule d'effets somptueux
qui étaient restés à Lazzaro de son père
le médecin et de ses frères; mais ce qui
lui fit le plus de plaisir, fut de trouver,
sans compter les bijoux et les joyaux,
peut-être deux mille florins d'or et
quatre cents autres en argent; il en

éprouva tant de joie qu'il pouvait à
peine se contenir, et il pensait toujours
à ce qu'il fallait faire pour se mieux
cacher devant les gens de la maison et se
faire prendre pour Lazzaro.

Comme il connaissait très bien le caractère du pauvre noyé, à l'heure du
souper, il sortit de la chambre presque
en pleurant. Le domestique et la servante,
qui avaient entendu parler du malheur
de la Santa, dont Lazzaro avait été,
disait-on, cause pour une bonne part,
crurent qu'il pleurait sur Gabbriello;
mais il appela son serviteur, lui fit
prendre douze pains, deux bouteilles
pleines de vin, la moitié du souper et
l'envoya porter le tout à la Santa, ce
dont la pauvre femme ne se réjouit
guère, car elle ne faisait plus autre chose
que pleurer. Quand le domestique fut
de retour, et que le souper fut servi,
Gabbriello mangea peu, pour mieux res-
sembler à Lazzaro. Il sortit de table à la
fin sans dire mot, et se retira dans la

chambre que Lazzaro habitait et d'où il
ne sortait que le matin à la troisième
heure.

Le domestique et la servante crurent
bien s'apercevoir que leur maître avait un
peu changé de mine et de langage; mais
ils mirent cela sur le compte du chagrin
que lui avait fait éprouver le malheur
du pauvre pêcheur; ils soupèrent à leur
ordinaire, et allèrent au lit à l'heure
accoutumée.

La Santa, bien triste, mangea quelque
peu avec ses enfants; quelques-uns de
ses parents, je ne sais lesquels, la con-
solèrent et lui donnèrent bon espoir en
voyant la pitance qu'elle avait reçue; elle
finit par aller se coucher et ses parents
prirent congé.

La nuit, Gabbriello, roulant dans sa
tête une foule de pensées, ne put pas
fermer l'œil, et le matin, il se leva tout
joyeux à l'heure de Lazzaro dont il
connaissait les habitudes et qu'il imitait
le mieux qu'il pouvait; le temps se

passait ainsi, et il avait soin de ne laisser manquer de rien sa chère Santa.

Mais, le serviteur lui ayant rapporté qu'elle ne cessait de pleurer et de se lamenter, notre homme, en mari qui aimait sa femme autant qu'un mari peut aimer une femme, voulut la consoler : il résolut donc de faire ce qu'il voulait et un jour, après le repas, il alla la trouver chez elle et, comme l'évènement était encore récent, il la trouva en compagnie d'un de ses cousins.

Il lui fit comprendre qu'il voulait lui parler pour affaire sérieuse ; le cousin, sachant le bien qu'il lui faisait et ne voulant pas l'importuner, prit aussitôt congé de la dame, en lui disant d'écouter son compatissant voisin. Gabbriello, aussitôt que cet homme fut parti, ferma la porte ; puis il entra dans une petite chambre d'en bas et fit signe à la Santa de l'y suivre ; celle-ci, craignant peut-être pour son honneur, seule comme elle était, ne savait se décider ni à rester où

elle était, ni à aller le rejoindre ; cependant, elle réfléchit au bien qu'il lui faisait, aux services qu'il lui rendait et
qu'elle en espérait ; elle prit par la main
l'aîné de ses fils et alla dans la chambre
où il l'appelait.

Elle le trouva couché sur un lit de
repos où son mari avait coutume de
s'étendre quand il était fatigué; et elle
s'arrêta étonnée. Gabbriello, voyant que
sa femme se faisait accompagner de son
fils, sourit et fut heureux de sa chasteté ;
il se tourna vers elle et lui dit un mot
qu'il avait l'habitude de lui dire souvent;
la Santa, plus étonnée que jamais, était
tout hésitante, quand Gabbriello prit son
fils par le cou et lui dit en lui donnant
un gros baiser : « Ta mère ne sait pas;
» elle pleure sur ton heureux sort, sur
» ton bonheur et sur celui de son mari. »
Cependant, comme il ne se fiait pas à
cet enfant, tout jeune qu'il fût, il s'en
vint dans la salle en le portant à son cou
et l'y laissa jouer avec sa sœur en lui

donnant je ne sais combien de petites
pièces de monnaie pour s'amuser. Après
cela, il vint retrouver sa femme, qui
l'avait presque reconnu aux paroles qu'il
avait prononcées ; il ferma au verrou la
porte de la chambre, lui dit tout ce qu'il
avait fait, et lui raconta tout en détail ;
la dame, joyeuse au delà de toute expression, fut heureuse au possible quand il
lui eut prouvé qu'il disait vrai en lui
répétant certaines choses qui étaient
restées leur secret ; sa joie était telle
qu'elle ne se lassait pas de le serrer et de
l'embrasser ; elle lui donnait, tant elle
était contente de le retrouver vivant,
autant de baisers qu'elle lui en avait
donné dans sa douleur, quand elle l'avait
cru mort.

Ils pleuraient doucement ensemble, à
force de joie, et chacun d'eux buvait les
larmes de l'autre ; enfin la Santa, pour
être encore plus sûre de son fait et pour
se dédommager de ses chagrins passés,
voulut goûter avec son cher mari les

suprêmes jouissances de l'amour; il ne
demanda pas mieux, car il en avait peut-
être plus envie qu'elle, et à cette
épreuve, mieux qu'à toute chose autre,
la dame reconnut qu'elle avait vraiment à
faire à Gabbriello le pêcheur, à son légitime époux. Quand ils eurent pris bien du
plaisir et longuement causé, Gabbriello
avertit sa femme qu'il fallait dissimuler
et se taire; il lui fit voir combien leur
vie pouvait être heureuse, en lui énumé-
rant toutes les richesses qu'il avait trou-
vées, et la mit au courant de ce qu'il
comptait faire; elle approuva tout et il
sortit avec elle de la chambre.

Alors, la Santa fit mine de pleurer;
elle ouvrit la porte de la rue et quand
Gabbriello fut dehors et au milieu de la
rue, elle lui dit de manière à être enten-
due par bien des gens : « Je vous recom-
» mande mes enfants. » Gabbriello lui
répondit qu'elle ne devait pas douter de
sa bonne volonté, puis il rentra chez
lui, en réfléchissant au meilleur moyen

de mettre ses projets à exécution et de
donner le change sur ses actes.

Le soir vint et notre homme, continuant à jouer son rôle, s'en alla dans sa
chambre dès qu'il eut fini de souper,
sans dire un mot, et se mit au lit pour
dormir; il passa presque toute la nuit à
penser ce qu'il voulait faire et il put à
peine fermer les yeux. Aussitôt que
l'aube parut à l'Orient, il se leva et alla
à l'église de Santa Caterina, où résidait
alors un vénérable religieux, homme
pieux et bon, que tous les Pisans tenaient
pour un saint; il le fit demander (on
l'appelait frère Angelico), et lui dit qu'il
avait un besoin urgent de lui parler,
pour prendre ses conseils à propos d'un
grand et étrange événement qui lui était
arrivé.

Le bon père compatissant le mena
dans sa chambre, bien qu'il ne le connût
pas. Le gaillard se faisait passer pour
Lazzaro, fils du docteur Basilio de Milan;
il dit au moine toute sa généalogie,

comme quelqu'un qui la savait bien, et
comment tous les siens étaient morts; il
lui raconta qu'il était resté seul, et, de fil
en aiguille, il en vint à Gabbriello et lui
dit tout ce qui était arrivé; il lui fit
croire que, pour voir comment on prenait des poissons, il avait emmené le
pêcheur à l'Arno contre son gré, et que
le pauvre homme s'était noyé pour lui
faire plaisir; il lui montra le préjudice
qui en résultait pour la femme et pour
les enfants qui, n'ayant ni meubles,
ni immeubles, vivaient de ce que gagnait
le père; il lui dit qu'il se croyait en
grande partie responsable de la mort
du pauvre pêcheur et de la ruine de
sa famille, qu'il se sentait un grand
poids sur le cœur, qu'il avait la conscience bien chargée. Une inspiration
de Dieu, ajouta-t-il, l'avait décidé à
prendre la Santa pour femme, bien
qu'elle fût pauvre et d'humble condition,
si elle et ses parents le voulaient bien;
il voulait considérer les enfants du pê-

cheur mort comme s'ils étaient nés de
lui, les élever et les garder comme les
siens et les faire participer à son héri-
tage comme les autres enfants qu'il
pourrait avoir; il pensait devoir obtenir
facilement ainsi le pardon de Dieu et
l'estime des hommes.

Le père spirituel trouva que c'était là
une œuvre très pieuse et, voyant les
saintes résolutions de son pénitent, il l'y
encouragea, l'engageant à mettre au plus
vite ses projets à exécution et l'assurant
que s'il le faisait, il pouvait être sûr que
le Seigneur le recevrait dans sa miséricorde. Gabbriello, pour obtenir du moine
un concours plus sérieux et plus effectif,
ouvrit une bourse et lui compta trente
livres en argent, en le priant de faire
chanter, trois Lundis de suite, les messes
de Saint Grégoire pour le repos de l'âme
du pêcheur défunt; à la vue du précieux
métal et malgré sa sainteté, le vénérable
moine fut enchanté; il prit l'argent et
dit : « Mon fils, on commencera à dire

» les messes Lundi prochain ; reste le
» mariage : je t'engage de toutes mes
» forces à le conclure, à ne regarder ni
» à la noblesse ni à la fortune, dont tu
» n'as pas à te préoccuper, puisque,
» d'une part, tu es, grâce à Dieu, fort
» riche et que, d'autre part, tous tant
» que nous sommes, nous sommes
» nés d'un seul père et d'une seule mère ;
» c'est la vertu et la crainte de Dieu qui
» font la vraie noblesse ; la jeune femme
» n'en manque pas, je la connais bien,
» elle et ses parents. — Je ne suis pas
» ici pour autre chose, » répondit Gabbriello ; « ainsi je vous prie de m'a-
» planir le chemin. — Quand voulez-
» vous lui donner l'anneau ? » dit le
moine. — « Aujourd'hui même, si
» elle le veut bien », répliqua Gabbriello. — « Au nom de Dieu ! », reprit
le moine, « laisse-moi le temps de
» m'en occuper, va t'en chez toi et n'en
» sors pas ; ces noces bénites se feront.
» — Oui, je vous en prie », dit Gab-

briello, « et je me recommande à vous. »

Il reçut la bénédiction, sortit de la chambre du moine et s'en revint tout joyeux dans sa maison, attendant que la chose tournât heureusement et selon ses intentions.

Le saint père, après avoir rangé ses trente livres, prit un compagnon, et alla trouver un oncle de la Santa qui était cordonnier et un cousin germain qui était barbier; il leur conta toute l'histoire et ils allèrent ensemble chez la Santa, qu'ils mirent au courant du fait; mais elle eut l'air de recevoir mal leur proposition. Cependant, ils la prièrent tant, lui prouvèrent par tant de raisons que c'était son bonheur et celui de ses enfants, qu'elle finit par consentir; elle dit presque en pleurant qu'elle ne se décidait que pour le bien de ses enfants, et aussi parce que Lazzaro ressemblait tant à son cher Gabbriello.

Que vous dirai-je de plus pour faire court ? Le matin même, grâce aux bons

soins du moine, Gabbriello, joyeux au
possible, en présence de plusieurs témoins et du notaire, qui tous étaient
venus dans la maison de Lazzaro, donna
pour la seconde fois, sous le nom de
Lazzaro, l'anneau de mariage à la Santa,
qui, ayant quitté le noir, avait mis un
superbe et magnifique vêtement, prove-
nant de la femme du frère du noyé, qu'on
avait choisi entre une foule d'autres et
qui paraissait taillé exactement à sa mesure. On eut le matin un très beau dîner
et le soir un splendide souper ; quand il
fut terminé, les convives prirent congé,
et les époux s'en allèrent au lit, où ils
causèrent gaiement, se moquant de la
simplicité du moine, de la crédulité des
parents, des voisins et de tout le monde,
et se réjouissant outre mesure de leur
heureuse fortune. Ils passèrent le reste
de la nuit à s'amuser et à se donner du
plaisir.

La servante et le domestique s'éton-
naient d'avoir vu faire tant de dépense ;

ils en attribuaient la cause au mariage et
n'étaient guère contents de cette alliance.
Les époux se levèrent tard le matin,
gobèrent des œufs frais, et, après avoir
visité les parents de la Santa, ils donnèrent un repas magnifique; on resta en
fête de cette façon pendant trois ou
quatre jours, Gabbriello ayant fait habiller convenablement ses enfants.

La Santa, qui se figurait avoir volé de
la terre au ciel, être montée de l'enfer
au paradis, résolut, après s'être consultée
avec son mari, d'augmenter le nombre
de ses serviteurs, ce qui plut beaucoup à
Gabbriello; elle décida aussi, pour toute
sorte de bonnes raisons, qu'il fallait
renvoyer ceux qu'elle avait. Elle les appela un jour et leur donna congé; à la
servante qui était restée dans la maison
de longues années, elle donna, outre ce
qu'elle lui devait, trois cents livres comme
dot de sa nièce; au serviteur, qui était
entré depuis, elle donna, avec ses gages,
une bonne gratification. Quand ils eurent

été congédiés et qu'ils furent partis heureux et contents, Gabbriello pourvut sa
maison de nouveaux serviteurs et de
nouvelles servantes. Il mena ensuite
longtemps avec celle qui était deux fois
sa femme une douce et heureuse vie ; il en
eut encore deux fils, pour lesquels il trouva un nom nouveau et qu'il fit appeler
Fortunati. De cette race sont sortis
beaucoup d'hommes illustres et célèbres
aussi bien dans les lettres que dans les
armes.

DEUXIÈME NOUVELLE

—

MARIOTTO, *tisserand aux Camaldoli* (1), *sur-nommé Falananna, ayant grande envie de mourir, est secondé par sa femme et par le Berna, amant de sa femme : il se croit vraiment mort et on le porte à la fosse. Pendant la route, il entend qu'on lui dit des injures et il se lève ; ceux qui le portent, effrayés, laissent tomber la bière à terre ; Mariotto s'enfuit. Par suite d'un nouvel et étrange accident, il tombe dans l'Arno, où il brûle ; et sa femme prend le Berna pour mari* (2).

'HISTOIRE d'Amaranta avait excité dans toute la compagnie autant de gaieté que d'étonnement; tout le monde trouvait que l'aventure était la plus bizarre et la plus extraordinaire qu'on eût

---

(1) On appelle Camaldoli certaines rues de Florence habitées par des gens de basse condition. Ce sont surtout des tisserands.

(2) Le fond de cette Nouvelle est tiré de Pogge :

jamais entendu raconter ; dames et jeunes
gens ne pouvaient se lasser de louer la présence d'esprit et l'adresse du pêcheur, quand
Florido, qui devait parler, s'exprima ainsi :
« Notre réunion de ce soir a réellement
» commencé par un conte bien amusant;
» Dieu veuille qu'il ne fasse pas paraître les
» autres insipides ! Quant à moi, aimables
» dames, je veux vous en raconter un qui,
» s'il est moins beau et moins surprenant
» que le premier, sera au moins plus plaisant
» et plus risible, et par cela même plus gai
» et plus joyeux; ainsi préparez, tous tant
» que vous êtes, vos oreilles et votre
» bouche, les unes pour entendre, l'autre
» pour rire. » Et il continua ainsi :

La peste de 1348, autrement dit la
maladie des Bianchi (2), dont vous avez

---

*De mortuo vivo ad sepulchrum deducto, loquente et
risum movente*; elle a été imitée par Imbert
(*Nouvelles historiettes en vers*, III, 1), *Le Mort
Vivant*, mais dans sa première partie seulement.

(2) Un annotateur Italien du Lasca dit qu'on
appelle cette maladie *de'Bianchi*, parce qu'elle est

certainement tous entendu parler, celle
que décrit avec tant d'éloquence au commencement de son *Décaméron* le très
illustre messer Giovanni Boccaccio, plus
merveilleuse, plus renommée, plus ef-
frayante parce qu'un si grand homme l'a
racontée avec un art si admirable, que
par la mortalité qu'elle causa et par le
tort, énorme cependant, qu'elle fit à
cette époque aux habitants de nos pays,
ne peut être comparée en aucune façon
à notre peste de 1527 (je dis notre,
parce qu'elle a existé de notre temps et
que chacun de nous peut aisément se la
rappeler) ; car celle-ci dura plus d'années
que celle-là n'avait duré de mois ; et si
pendant la première les hommes mouraient par dizaines, ils mouraient par
centaines dans la seconde ; pendant l'une,
on enterrait les cadavres dans des bières ;
pendant l'autre, on les portait en terre

---

née dans le Levant du côté de l'Inde supérieure.
Le commentaire paraît aussi peu intelligible que
le mot.

dans des charrettes. Mais je sais bien
que vous connaissez tout cela comme
moi, vous vous y êtes presque tous trou-
vés ou, au moins, vous en avez entendu
parler mille fois; je ne m'attarderai donc
pas autrement au récit de nos douleurs
et de nos misères passées et, pour en
revenir à ce que je veux vous raconter,
je vous dirai que l'épidémie ayant cessé
après plus de temps qu'en 1348, on se
rassura, on rentra dans la ville, on se
remit à vaquer à ses affaires et à ses
exercices habituels. Il y avait alors aux
Camaldoli un tisserand d'étoffes de lin
(vous savez qu'ils habitent ce quartier-là),
resté seul de quatorze personnes que
comptait sa famille, et fort à son aise.
Aussi lui donna-t-on une femme, avec
laquelle il vécut dix ans sans avoir d'enfants; puis cette femme devint grosse et
mit au monde, le terme venu, un enfant
mâle, ce dont elle-même et le père furent enchantés.

L'enfant était né un Dimanche matin

de bonne heure; on l'envoya baptiser le soir, pendant que les boutiques de sel n'étaient point ouvertes (1), aussi fut-il toujours bien benêt; on le nomma Ma-riotto. C'était un fils, ses parents n'avaient que lui; étant, pour leur con-dition, on peut dire riches, ils l'élevèrent avec tant de soins, qu'il aurait perdu à être le fils du comte d'Ormignacca. Quand il fut en âge, son père l'envoya à l'école pour qu'il apprît à lire et à écrire; le père, qui avait formé le dessein de relever sa famille, voulut le faire étudier pour qu'il devînt notaire, procureur ou juge; il comptait après cela lui donner une femme noble, lui faire faire des

---

(1) Celui qui naît un Dimanche est sans sel, c'est-à-dire sot, parce qu'on n'a pas pu avoir de sel pour le baptiser à Saint-Jean, le comptoir du sel étant fermé. Cela se dit par plaisanterie, parce qu'on conserve toujours du sel à Saint-Jean. Telle est au moins l'explication de Francesco Serdonati dans ses Proverbes manuscrits. Un an-notateur Italien moderne ajoute malicieusement qu'aujourd'hui les débits de sel sont toujours ouverts et qu'il n'y a plus de sots, naturellement.

armes et lui acheter un titre de noblesse,
afin d'en faire un homme tout à fait
comme il faut.

Mais Mariotto était de pâte si grossière,
et si stupide, qu'en huit ans ou guères
moins qu'il passa à l'école, il ne put pas
même apprendre l'*a b c*, bien loin d'apprendre à compter; le maître dit bien des
fois qu'il perdait son temps et son argent,
parce qu'il avait la tête si dure que
c'était vouloir broyer de l'eau dans un
mortier que de chercher à lui apprendre
quelque chose; le père, au désespoir,
cessa de lui faire apprendre à lire et le
mit à faire de la toile; quoiqu'il n'y
réussît guère, il faisait cependant cela
moins mal.

Ainsi, plus ce prodige avançait en
âge, plus il devenait lourd et gambe;
avec les années, sa sottise et sa mala-
dresse augmentaient; quelques mots
qu'il avait appris étant enfant n'avaient
jamais pu lui sortir de la cervelle; il
appelait son père et sa mère *bobbo* et

mamma; il nommait le pain *pappo,* le vin *bombo;* pour *quattrini* il disait *dindi,* pour viande *ciccia,* et quand il parlait de dormir et d'aller au lit, il disait toujours qu'il voulait aller *far la nanna;* le père et la mère eurent beau mettre en œuvre prières, présents, menaces, coups, ils ne purent jamais faire cesser cette habitude. Il avait dix-huit ans déjà quand sa mère mourut, et jamais il ne parlait autrement : de telle sorte que son père en était très fâché et que tous les enfants de la rue, ses camarades et ses voisins, lui avaient donné le surnom de *Falananna* et ne l'appelaient jamais autrement; ce surnom était si connu aux Camaldoli que très peu de gens savaient son nom de Mariotto. Il était la joie, le passe-temps du quartier; tout le monde l'appelait Falananna par ci, Falananna par là; on s'amusait de ses balourdises; il était si simple, il croyait et il disait des choses si sottes, si stupides, si en dehors de toute idée humaine, qu'il aurait pu

I   19.

passer pour un animal domestique plutôt
que pour un homme.

Son père chercha bien des fois à lui
donner une femme, et il n'avait jamais
pu y réussir ; il finit par en découvrir
une, qui lui plut et lui sembla à souhait ;
il pensa à la faire demander pour son
fantoche de fils, mais Dieu voulut qu'à
ce moment-là même, il tombât malade
et mourût.

Falananna resta donc seul, avec beaucoup de bien, une maison et un établis-
sement de tisserand ; il n'avait de parents
ni du côté de son père, ni du côté de sa
mère ; ses amis et ses voisins lui tombèrent
dessus et lui donnèrent une femme ; par
malheur, ce fut une de ses égales, qui
habitait aussi les Camaldoli, une belle et
brave jeune fille, qu'on appelait la Mante,
courageuse et habile à tisser. Mais,
comme elle était pauvre, ils la firent
prendre sans dot par cet imbécile, qui
prit encore avec lui la mère ; elle se
nommait dame Antonia ; elle était chari-

table et douce ; tous ensemble menaient ainsi, en travaillant, une vie facile et paisible.

La Mante était, comme je l'ai dit, belle et avenante : elle avait donc beaucoup de sigisbés ; on faisait de la musique, on chantait toute la nuit autour de sa porte, on lui donnait les sérénades les plus galantes du monde ; mais elle avait jeté les yeux sur le Berna, et elle se moquait de tous les autres. Comme son Falananna, qui était faible en tout, se trouvait aussi très faible pour rendre aux dames les petits soins qu'elles aiment à recevoir, elle songea, en femme sage qu'elle était, à se pourvoir du Berna pour suppléer à l'insuffisance de son mari ; car, vigoureuse et bien portante comme elle était, elle ne pouvait se contenter de bagatelles.

Elle en causa avec sa mère, qui finit par avoir pitié d'elle et qui lui dit :
« Laisse-moi faire, ma fille, ne te préoc-
» cupe de rien, je te contenterai avant

» peu. » La mère alla trouver l'amant,
qui désirait, plus encore que la dame,
en venir au fait, et il fut convenu entre
eux que le lendemain, à minuit, le
Berna viendrait faire un signal convenu
et consoler la jeune dame ; le Berna n'y
manqua pas : à l'heure dite, il fit le
signal, dame Antonia l'introduisit dans
la maison, et même dans le lit, auprès de
sa chère Mante.

Ils avaient, sans plus, un de ces lits à
l'antique, si grand et si large que tous
trois couchaient sur le même oreiller
sans se toucher le moins du monde ; la
Mante était au milieu ; sur un bord était
sa mère, sur l'autre son mari. Le Berna
se mit entre dame Antonia et sa fille et,
comme Falananna dormait, il ne s'amusa
pas aux cérémonies et sauta sur la dame.
La bonne femme trouva que le Berna
jouait un autre jeu que son mari ; elle y
éprouva bien plus de plaisir et de jouis-
sance que de coutume : aussi se mit-elle
à remuer et à se trémousser, à geindre

et à soupirer, si bien que Falananna,
qui avait le sommeil léger, s'éveilla ; il
sentit un mouvement de va-et-vient, entendit de douces plaintes (car les amants
étaient tout près de lui); alors, étendant
la main, il trouva le Berna monté sur sa
cavale, qui lui faisait courir la poste
comme il faut. Il crut que c'était la mère
et s'écria : « Que faites-vous, dame
» Antonia ? Oh, mais ! prenez bien garde
» d'engrosser ma femme ! »

Dame Antonia, qui veillait et qui était
sur ses gardes, contente au possible du
bonheur de sa fille, entendit Falananna,
et, pour qu'il ne s'aperçût pas de la présence du Berna, elle mit sa tête tout près
de celle de sa fille et elle lui répondit :
— « N'aie pas peur que je te l'engrosse,
» non ; hélas, malheureuse femme que
» je suis ! je lui fais des frictions auprès
» du nombril ; la pauvre petite a été
» pour mourir, tant elle a eu mal à la
» matrice depuis un moment, voyez
» comme elle se plaint ! » A l'instant

même où dame Antonia prononçait ces
mots, les amants étaient au comble du
bonheur; et, à force de jouir, la Mante
dit par deux fois : « Hélas! hélas! je
» meurs! je meurs! »

Falananna se mit alors à crier : « At-
» tends, attends, que j'aille chercher le
» prêtre; attends, ma femme, ne meurs
» pas encore; oh, mais! je veux que tu
» te confesses avant! » Il s'était jeté à
bas du lit et cherchait dans l'obscurité à
allumer une lumière, quand la Mante,
qui l'entendait bien, lui dit : — « Mon
» mari, que Santa Nafissa (1), patronne
» de la matrice, soit bénie! je suis gué-
» rie, je suis ressuscitée; revenez vous
» coucher, n'ayez aucune crainte, je
» n'ai plus de mal du tout. »

Le Berna, qui avait bien dépensé ses
économies, avait quitté sa monture et
s'était placé entre elle et sa mère; mais
dame Antonia, passant sur eux, se mit de

---

(1) Équivalent de Sainte Nitouche.

l'autre côté de sa fille, puis elle appela
de nouveau Falananna au lit, et le plaça
à côté d'elle en lui disant qu'elle s'était
mise entre la Mante et lui, parce qu'il
ne fallait pas qu'il ennuyât sa fille après
une si grave indisposition. — « Vous
» avez bien fait, » répondit-il, et il ne
pensa plus qu'à dormir ; mais la Mante
ne s'occupa toute la nuit qu'à jouer le
grand jeu avec son cher Berna, et il
arriva quelquefois qu'elle le mit sous elle.

La méchante vieille, qui avait l'oreille
ouverte, entendant sonner au Carmel
une cloche qu'on met en mouvement
une heure avant le jour, obligea le Berna
à cesser de faire l'amour ; il quitta, bien
malgré lui, sa chère Mante, las peut-
être, mais non rassasié ; il s'en alla à son
logis, qui n'était pas trop éloigné, se
reposer et dormir : personne ne l'avait vu.

La Mante, pour se refaire de la nuit
qu'elle avait passée, dormit presque
jusqu'à neuf heures sonnées. Falananna
se leva à son heure habituelle dans cette

saison et se mit à son travail ordinaire ;
dame Antonia lui parla de la mauvaise
nuit qu'avait eue la Mante ; il en fut fort
chagrin et approuva fort dame Antonia
de n'avoir pas réveillé sa femme, afin
qu'elle pût se reposer et dormir tout son
saoul. La bonne vieille l'engagea à aller
chercher des œufs frais, en lui disant que
c'était le vrai remède contre les douleurs
de matrice ; il laissa donc là son travail
et chercha si bien qu'il en apporta à la
maison une douzaine. Dame Antonia en
fit, vers les trois heures, boire quatre à
sa fille ; puis elle lui laissa faire un petit
somme, et quand l'heure de dîner fut
venue, elle l'appela ; Mante se leva toute
joyeuse, elle se portait comme un
charme.

Falananna en fut ravi ; on dîna et tout
le monde s'en retourna gaiement au métier à tisser. Le Berna revint la nuit
suivante, les amoureux continuèrent la
danse bien des jours et bien des mois,
se donnant un si bon temps, qu'ils se

croyaient au paradis. Le Carême arriva :
Falananna, qui était dévot et bon Chrétien,
allait au sermon tous les Dimanches
matin ; il entendit une fois, entre autres,
dans l'église du Saint-Esprit un moine
qui en dit tant et tant, qui montra par
tant de raisons et d'autorités que cette vie
n'est pas une vie, mais une véritable
mort ; que, pendant que nous sommes
de ce monde, nous sommes réellement
morts et que c'est en mourant seulement
que nous entrons dans une vie douce et
tranquille, sans chagrin, où nous n'avons
plus la mort à attendre, pourvu que
nous mourions dans la grâce de notre
Seigneur Dieu, ce qui ne peut arriver
qu'aux fidèles Chrétiens ; qui en dit tant
enfin à propos de cette vie, que c'était
vraiment merveillle. Cela donna à Falananna une si grande envie de mourir,
que rien ne lui plaisait plus et qu'il devint
ennemi déclaré de la vie ; rentré chez lui,
il ne faisait rien que dire qu'il voudrait
mourir, et il répétait à tout propos : « Oh !

» douce mort! ô mort bénie! ô sainte
» mort! quand viendras-tu pour moi,
» afin que je puisse vivre de cette vie
» où l'on ne meurt jamais ? » Ces discours
étaient pour la Mante et pour sa mère si
fastidieux, si pénibles à supporter, qu'elles
étaient poussées à bout et ne savaient plus
comment faire pour subir tant d'ennui.
Le bonhomme avait cessé tout travail, il
ne s'occupait plus de rien chez lui; il ne
pensait qu'à son désir de mourir, regret-
tant que la mort ne vînt pas et la priant
de tout son cœur de vouloir bien s'em-
parer de lui.

Sa femme et dame Antonia lui avaient
enseigné mille moyens de réaliser son
vœu, mais aucun ne lui avait plu. A la
fin, elles se consultèrent avec le Berna,
et on résolut de faire à tout prix mourir
cet imbécile; on convint de ce qu'il fallait faire et un beau matin, aux approches
de la Semaine Sainte, la Mante dit à son
mari qu'elle s'était confessée aux Ognis-
santi à un frère Bartolo, bon et dévot

personnage, à qui elle avait dit tout son
malheur et la volonté qu'avait son mari
de mourir; elle ajouta que le vénérable
père, rien que par compassion et pour
l'amour de Dieu, s'était offert à l'aider,
s'il le fallait, pour faire venir la mort;
qu'il se chargeait de le faire mourir en
peu de temps, pour peu qu'il le voulût,
comme il en avait fait mourir tant
d'autres à Milan et à Naples.

A cela Falananna, qui ne se sentait pas
de joie, répondit en disant : — « Com-
» ment fera-t-il? Quand cela arrivera-t-
» il? — « Ce sera bien facile et quand
nous voudrons », répliqua la Mante;
« demain, si cela vous plaît », ajouta-t-
» elle », faites chercher ce frère. — Au
nom de Dieu! » dit Falananna. —
« Qu'on le fasse chercher », répondit la
» femme, mais avant tout il vous faut
» appeler le notaire et faire votre testa-
» ment. — Soit! » s'écria Falananna,
tout rempli d'allégresse.

Il fit venir un notaire, comme s'il était

condamné par les médecins, et laissa par
testament tous ses biens à sa femme pour
en jouir après sa mort. Quand le Berna
sut cela, il en fut ravi, jugeant que
c'était l'excellent commencement d'une
très bonne fin, et il attendit avec une
extrême impatience que la Mante fît ce
qui restait à faire; celle-ci, suivant son
plan, fit semblant d'avoir parlé à frère
Bartolo, et un jour, aussitôt après manger, elle fit entrer dans le lit son Falananna, en l'avertissant, de la part du
frère, de parler peu ou à voix basse; de
dire à tout le monde en pleurant qu'il
avait grand mal et qu'il se sentait mourir;
si quelqu'un lui parlait de le faire soigner,
il devait répondre qu'il ne voulait ni
médecin ni remèdes.

Elle le laissa ainsi et alla à la fenêtre,
où elle se mit à pleurer, à crier et à dire
au voisinage : « Hélas ! malheureuse que
» je suis ! que faire ? Mon mari est ma-
» lade au lit et si gravement que je crois
» bien qu'il ne sera plus de ce monde

» demain matin . » Tous les voisins
accoururent, on trouva Falananna au lit
qui gémissait, qui se plaignait, comme
s'il se sentait mourir. Chacun le rassurait
de son mieux, et lui répondait à tout le
monde : —« Je suis perdu, je suis mort ! »
Il ne voulait pas entendre parler de
se faire soigner et les voisins engageaient
la Mante à faire venir un confesseur.

Alors la Mante appela sa mère, qui
savait tout ; elle lui fit bien vite mettre
sa casaque et l'envoya tout de suite
trouver le Berna, qui attendait dans un
endroit secret ; le gaillard avait un habit
de moine, qu'il avait emprunté à un de
ses parents et dont il s'était affublé ; et
comme c'était encore un jeune homme,
à barbe naissante, il s'était procuré une
barbe noire et l'avait si bien adaptée à
son menton, qu'on n'aurait jamais pu
s'en douter, sans le savoir. Il suivit gaiement dame Antonia et tous deux finirent par arriver à la maison de Falananna ;
dès qu'il parut, tout le monde le salua,

comme un moine éminent, et on évacua
la maison, pensant que le malade allait
se confesser.

Le Berna entra dans la chambre à la
façon d'un moine, et saluant dès l'abord
Falananna, il lui dit : « Que le Seigneur
» soit avec toi! » et il le bénit. Falananna voulut se lever pour lui faire
honneur, mais frère Berna, contrefaisant
un peu sa voix, lui dit de rester couché,
de se tenir au chaud. Falananna lui
répondit : — « N'est-ce pas vous qui
» devez m'apprendre à mourir, afin que
» je ressucite vite dans cette vie de
» l'autre monde, où l'on ne meurt jamais,
» jamais ? — C'est bien moi, soyez
» béni, » répliqua le moine. — « Al-
» lons, » reprit alors Falananna, « venons-
» en à bout et commencez tout de suite,
» au nom de Dieu. » Le père spirituel
lui fit faire sa confession générale et lui
donna l'absolution; quant à la pénitence,
il lui dit qu'il voulait que sa femme la
fît pour lui; il l'appela en sa présence, et

lui dit qu'elle devait, pour racheter les péchés de son mari, jeûner sa vie durant tous les ans la veille du Jeudi gras et, de plus, faire allumer chaque année devant l'image de Sainte Befania (1) quatre cierges en l'honneur des Quatre Temps. Falananna fut enchanté de tout cela et fit jurer à sa femme qu'elle ne manquerait pas de faire la pénitence prescrite. Mais le père reprit la parole et dit : — « Malheur à elle, si elle ne la faisait pas » strictement! elle s'en irait au fond de » l'enfer comme infidèle. »

Falananna, se tournant alors vers le moine, le pria de solliciter la mort pour lui, lui disant que chaque instant lui semblait long comme mille années, tant qu'il ne serait pas sorti de cette vie. Le moine lui répondit : — « Écoute donc, » et que ce que je vais te dire soit sacré » pour toi. Il faut d'abord fermer les

(1) *Befania* est l'équivalent de *Befana* et veut dire femme stupide.

» yeux pour toujours et ne plus jamais
» les ouvrir ; détacher tes pensées de ce
» monde et, quoi que tu entendes, quoi
» qu'on te fasse, ne plus dire un mot
» ni faire un mouvement ; aussitôt que
» tu auras fermé les yeux, ta femme
» poussera de longs gémissements ; je
» ne m'en irai pas, puisque j'aurai une
» raison légitime pour rester : pendant
» que les dames consoleront ta femme
» dans la salle, dame Antonia et moi
» nous laverons ton corps, nous te met-
» trons un long vêtement qui te cou-
» vrira de la tête aux pieds, et nous te
» placerons au milieu de la chambre,
» avec un chandelier dans lequel sera
» une chandelle bénite et allumée près de
» ta tête, pour que tout le monde puisse
» te reconnaître ; après cela nous prépa-
» rerons tout pour que demain soir les
» frères du Carmel et les prêtres de San
» Frediano te portent en terre, après
» avoir dit Complies. — C'est cela, »
dit Falananna, « il faut aussi prévenir ma

» confrérie, pour qu'elle m'envoie l'ha-
» bit de pénitent, qu'on vienne me voir,
» qu'on assiste à mon enterrement en
» chantant, comme cela se fait pour un
» confrère : *O fratel nostro!* — Tu sais
» bien que nous n'y manquerons pas, »
répliqua le Berna, et il ajouta : « Quand
» les porteurs t'auront mis en bière et
» mené à l'église, quand on aura chanté
» et fait toutes les cérémonies, ils te
» porteront et te mettront dans ton
» tombeau où ils te laisseront. Aussitôt
» que tu y seras resté vingt-quatre
» heures, mais pas avant, ton âme s'en-
» volera au Paradis; fais seulement bien
» attention que, pendant ce temps-là, tu
» éprouveras les mêmes sensations que
» si tu étais vivant : ainsi ne souffle mot,
» ne fais pas un mouvement, car c'est à
» rester tranquille et immobile qu'est
» tout le mérite. Si tu faisais le moindre
» acte de vivant, tu serais aussitôt pré-
» cipité dans les gouffres de l'Enfer; ces
» malheureux porteurs n'ont pas le

» moindre ménagement : ainsi ils pour-
» raient, en te mettant dans la tombe,
» te donner quelque mauvais coup, te
» frapper quelque membre, comme les
» jambes, les bras ou la tête, et tu pour-
» rais en éprouver une vive douleur ; sois
» calme et tiens-toi coi ; plus sera grande
» la souffrance que tu ressentiras ainsi,
» plus tu goûteras de bonheur dans l'autre
» monde. »

Falananna, ayant tout bien compris,
répondit au moine d'être tranquille, qu'il
ne manquerait à aucune de ses recom-
mandations et ne transgresserait pas ses
commandements ; mais, comme il avait
grand'faim, il fit dire à sa femme de lui
porter à manger ; puis se tournant vers
le frère, il lui dit qu'il voulait mourir
rassasié. La Mante lui apporta donc un
grand poêlon plein de lentilles accom-
modées et une couple de pains énormes,
à peu près de la taille de ceux que font
nos laboureurs à la campagne ; avec cela
un grand vase de vin que Falananna but

tout entier. Il mangea toutes les lentilles
et un et demi de ces grands pains,
comme s'il n'avait jamais eu à boire ni
à manger; puis il dit : « Arrangez-moi
» comme vous voudrez, je meurs plus
» content mille fois, maintenant que je
» meurs le ventre plein. » Le Berna
l'arrangea sur le lit et lui ferma les yeux;
puis il prit en main des bouts de chandelle allumée, et tout en marmottant, il
fit mine de dire quelques prières ; enfin
il prononça ces mots : « Falananna, tu
» es mort. »

Aussitôt, la Mante poussa un grand
cri, se mit à pleurer à chaudes larmes et
à dire : « O mon mari ! ô mon doux
» mari! tu m'as laissée seule. » Frère
Berna, qui était allé jusqu'au seuil de la
maison, feignit, en entendant ces cris,
de retourner sur ses pas pour consoler
la dame. Les voisins, qui entendaient
ses gémissements, vinrent en grand
nombre, hommes et femmes, pour
apporter leurs consolations à la Mante,

laquelle se lamentait dans la salle d'une incroyable façon.

Le moine et dame Antonia entrèrent seuls dans la chambre en pleurant ; ils enlevèrent du lit Falananna vivant, comme s'il était mort ; ils le lavèrent, comme on lave les morts ; avec un grand drap, ils lui firent un vêtement très long qui lui couvrait les pieds, les mains et le visage, afin de n'être pas trahis par la couleur de la peau ; ils le placèrent sur un tapis au milieu de la chambre, avec un crucifix sur la tête, et un chandelier dans lequel il y avait une chandelle bénite aux pieds, et ils ouvrirent la porte, afin que la compagnie pût le voir.

Falananna restait très ferme, ne faisant pas un mouvement et ne donnant pas signe de vie, ce dont frère Berna était enchanté ; les personnes entrées dans la chambre le regardaient en pleurant et demandaient pourquoi on lui avait caché le visage. — « C'est qu'il est si défi-
» guré, » répondit frère Berna, « et

» si laid, qu'il aurait fait peur à tous
» ceux qui l'auraient vu. » Ces paroles
effrayèrent les assistants ; ils craignirent
que Falananna ne fût mort de quelque
vilaine maladie, de celles qui se gagnent ;
de sorte que tous regardaient de travers,
ajoutant foi sans plus y songer à ce que
disait le frère.

La nuit étant déjà venue, on vida la
maison ; seul, un petit nombre de parents de la Mante y restèrent, ainsi que
le père spirituel qui, un livre en main,
gardait le corps, faisant semblant de lire
des psaumes et des oraisons. En temps
convenable, on soupa fort bien. Ensuite,
le matin, on fit dire aux membres de la
confrérie d'apporter le vêtement de leur
ordre, que Falananna était mort ; et on
les invita pour le soir, après Complies,
aux obsèques. La robe du pénitent vint
tout de suite ; dame Antonia et le Berna
la lui mirent par-dessus le vêtement
qu'il avait ; le capuchon, mis sur la face,
doubla le voile qui cachait sa figure ;

tout le jour il vint des hommes et des
dames pour consoler la Mante et pour
voir le mari; tout le monde était fâché
de cette mort. Chacun disait : « Que Dieu
» lui pardonne ! » et Falananna, qui
entendait, éprouvait un merveilleux et
indicible plaisir, car il se croyait mort
pour tout de bon.

Quand les Vêpres eurent été dites et
Complies aussi, arrivèrent, comme il
avait été convenu, les prêtres de San
Frediano et les frères du Carmel avec les
membres de cette confrérie de San Cris-
tofano (c'est ainsi qu'on l'appelait), où
tout le monde était tisserand (elle
était toute voisine du couvent du Carmel, et les frères y firent depuis un
réfectoire qui existe encore). Dans le
milieu de leur église, ils avaient fait faire
un immense caveau où l'on enterrait
tous ceux des leurs qui venaient à mourir. Berna trouva cet arrangement fort à
son gré, car le tombeau se fermait au
moyen d'une pierre très lourde, et

arrangée de telle sorte qu'on ne pouvait
pas la lever ni ouvrir autrement que du
dehors; aussi le Berna se disait-il à lui-
même: « S'il y entre, il faudra bien que,
» de gré ou de force, il y meure, car on
» ne se réunit ici qu'une fois par mois. »

Quand les frères et les prêtres eurent,
en franchissant la porte, reçu les cierges,
les porteurs allèrent chercher le corps.
Que vous dirai-je? Falananna avait eu
grande envie de faire ses besoins; pendant deux heures peut-être cette envie
l'avait tourmenté et il s'était retenu; à
la fin, ne pouvant plus faire autrement,
il avait laissé aller; les lentilles accom-
modées avaient fait leur effet comme s'il
avait pris de la scammonée : et il avait
déchargé de quoi remplir un baquet un
tas de saletés qui, pour n'avoir pas eu
tout de suite libre issue, puaient tant,
exhalaient une odeur si infecte, qu'on ne
pouvait rester dans cette chambre em-
pestée. Aussitôt que les porteurs furent
entrés et qu'ils l'eurent pris, ils se bou-

chèrent le nez et dirent à ceux qui étaient
là : « Oh ! diable ! vous ne devez pas
» avoir bouché ses ouvertures ! Malheur !
» ne sentez-vous pas comme il pue ?
» voyez comme il coule : hélas ! vous
» n'avez guère d'expérience. » Tout en
parlant ainsi, ils l'emportèrent de mauvaise grâce, et ils étaient presque malades
en le mettant dans la bière. Les prêtres
et les frères avaient déjà achevé de défiler;
les membres de la confrérie, supportant
le mieux qu'ils pouvaient la détestable
odeur, prirent la bière sur leurs épaules
et suivirent leur chemin en marchant
derrière la croix. Ils finirent par arriver
au coin du Lion et, en le tournant, ils
trouvèrent une grande foule. Chacun
demandait, comme c'est l'usage, qui était
mort; on répondait : Falananna; tout le
monde en témoignait du regret, et on
disait : « Que Dieu veuille avoir son âme ! »
Mais une de ses connaissances, un de ses
amis, apprenant que c'était lui et le voyant
porter en terre, s'écria tout en colère et

sans aucun ménagement : « Ah ! le gueux !
» le fripon ! il s'en va avec trois livres à
» moi que je lui ai prêtées ; méchant !
» voleur ! qu'il les ait sur la conscience ! »

Ces paroles furent prononcées si haut
que Falananna les entendit ; alors, soit
qu'il ne voulût pas s'en aller avec ce poids
sur la conscience, soit qu'il se trouvât
outragé trop violemment et à tort, il fit
un effort, se dégagea les mains, déchira
vivement et arracha les étoffes qui lui
couvraient le visage et, s'asseyant dans
la bière, se tourna vers celui qui le suivait toujours en l'injuriant et lui dit : —
« Ah ! scélérat ! est-ce qu'on tient aux
» morts un semblable langage ? méchant !
» pourquoi ne pas m'avoir demandé ces
» trois livres pendant que j'étais en vie ?
» pourquoi n'avoir pas été trouver ma
» femme qui t'aurait payé ? »

A ces mots, ceux qui le portaient,
épouvantés, laissèrent tomber la bière à
terre, et le pauvre homme fut au point
de rendre l'âme. Falananna, tombé par

I   21.

terre avec la bière, criait à ceux qui étaient
effrayés : — « N'en doutez pas, mes con-
» frères, je suis mort; ne craignez rien,
» je suis mort; ainsi faites votre office
» en me conduisant au tombeau. » Et il
se coucha dans la bière comme auparavant, criant : « Portez-moi en terre,
» portez-moi, je suis mort. » Cette scène
causa un grand effroi; les uns fuyaient,
d'autres se cachaient, d'autres se signaient.
La croix, déjà arrivée à la porte de l'église,
s'arrêta, et notre homme criait toujours :
« Enterrez-moi, enterrez-moi, je suis
» bien mort. »

Quelques-uns de ses confrères, qui
connaissaient bien sa manière d'être,
s'approchèrent de lui et se mirent à lui
taper dessus avec leurs torches en lui
disant : « Scélérat ! coquin ! qu'est-ce
» que cela veut dire ? » Falananna continuait à crier : — « Enterrez-moi, je suis
» mort; puissiez-vous être tous pendus
» par la gorge ! enterrez-moi, pour l'a-
» mour de Dieu ! » Alors les confrères

prirent leurs torches et commencèrent à
le bâtonner sérieusement de la tête aux
pieds. Falananna, sentant les coups, se
mit à jeter les hauts cris, et, se dégageant
la tête et les pieds, il sortit de la bière
pour qu'on ne lui rompît pas les os. Tout
en courant il criait : « Oh ! traîtres,
» traîtres ! vous m'avez ressuscité. »
C'est que, comme il avait reçu un coup
de bâton sur la tête, le sang lui coulait
sur le visage et sur la poitrine; cela lui
faisait penser qu'il était vivant, et il
disait : «Traîtres! est-ce qu'on fait ressus-
» citer les morts comme cela ? je veux
» aller en justice. »

Ceux qui l'entouraient l'entendirent,
la plupart le crurent fou ou possédé; les
enfants, prenant de la boue et des pierres,
se mirent à lui donner la chasse en criant :
« Au fou ! au fou ! » Falananna, effrayé,
prit sa course et s'enfuit du côté du Carmine; les enfants, derrière lui, toujours
criant : « Au fou ! au fou ! » le suivirent
à travers la place du Carmine. Le pauvre

diable, plus épouvanté que jamais, continua à courir sans savoir où il allait; il
ne songeait qu'à fuir, toujours criant et
laissant sur son passage tout le monde
étonné et surpris de le voir habillé comme
il était. En fuyant ainsi, il était arrivé en
vue du pont de la Carraja (1); continuant
son chemin, toujours effrayé par le bruit
et le vacarme de la population, il se
dirigea vers le pont, accompagné par les
cris et par les pierres; enfin il enfila le
pont. Il était presque au bout, quand il
trouva au milieu du chemin un chariot
avec je ne sais combien de charges de
paille, des mulets et des ânes chargés de
sable, de telle sorte que le passage était
encombré; il ne lui restait pas de place
pour passer, tant que le chariot, les mulets
et les ânes, continuant leur route, n'auraient pas débarrassé la voie. Falananna,

---

(1, On appelle ainsi ce pont, de ce qu'il sert
surtout au passage des voitures, en général, de la
carraja.

excité par les pierres qu'il recevait, effrayé des cris qui le poursuivaient, sauta sur les garde-fous pour se sauver plus vite ; mais, soit que son malheur l'ait voulu, soit qu'il se soit trop pressé, soit qu'il ait été gêné par les lambeaux d'étoffes qui entortillaient ses pieds, quelle qu'en ait été la cause enfin, il fit un faux pas et tomba dans l'Arno.

Il y avait à Florence un Flamand, très habile à préparer les artifices ; il avait été trouver la Seigneurie et le Gonfalonier, et il s'était fait fort de leur donner des preuves miraculeuses de son art. Ce jour-là même, deux des dix seigneurs chargés de la guerre et deux de ceux qui s'occupaient des collèges avaient été, au nom de tous, avec une foule d'autres personnes nobles et distinguées de la ville, voir l'expérience d'un artifice qui brûlait dès qu'il touchait l'eau ; quand ils furent arrivés au pont de Santa Trinita, le Flamand avait jeté dans l'Arno l'huile d'une fiole qu'il avait à la main ; dès que

cette huile eut touché l'eau, elle s'alluma
et brûla, comme le salpêtre et le soufre
brûlent dans le feu ; et, tout en brûlant,
elle s'étendit sur un large espace ; nos
Florentins en demeurèrent tous étonnés
et stupéfaits ; la matière enflammée
répandue sur l'eau suivait le cours du
fleuve et ne cessait de brûler.

Justement la moitié avait passé sous
la dernière pile du pont de la Carraja
quand Falananna, tombant dans l'eau,
arriva par hasard au milieu de cette huile
ardente, qui s'attacha à lui, comme s'il
en avait été enduit. Falananna n'avait pas
éprouvé grand mal de sa chute, grâce à
l'eau d'abord et au sable ensuite, bien
qu'il fût allé jusqu'au fond ; il était revenu
à la surface et s'était remis sur ses pieds,
il avait de l'eau à peine jusqu'au nombril.
Mais quand il vit et que, de plus, il sentit
la flamme qui le dévorait, il se mit à
gémir, à crier à gorge déployée ; il s'ai-
dait de ses mains tant qu'il pouvait en se
jetant de l'eau dessus ; tous ceux, en grand

nombre, qui, par le guichet, étaient
accourus à son aide, en faisaient autant.
Mais plus ils cherchaient à éteindre et à
amortir les flammes, plus elles étaient
vives; de sorte que le pauvre homme
poussait des hurlements si terribles, qu'on
aurait facilement pu les entendre retentir
en suivant le cours de l'eau jusqu'à Pere-
tola; il se démenait, au milieu de ces
flammes, faisant des contorsions, semblable à une de ces âmes que Dante place
dans son Enfer. Le feu finit par le brûler,
le consumer peu à peu et lui ôter la vie.

Les gens qui étaient venus à son
secours arrivèrent enfin à le tirer sur la
rive à l'aide de cordes et de morceaux de
bois; cela ne l'empêchait pas de brûler
encore, et plus on lui jetait de l'eau
dessus pour éteindre le feu, plus le feu
s'activait et devenait ardent, en sorte que
le pauvre homme était déjà presque
entièrement brûlé et consumé. Il l'aurait
été tout à fait sans le Flamand qui,
accouru au bruit, se fit donner de l'huile

ordinaire; il en répandit partout, et fit
en un instant cesser le feu; la flamme
s'éteignit totalement au grand étonnement de tous ceux qui en furent témoins.
Mais Falananna resta en telle condition,
qu'il ressemblait à une souche de poirier
vert qui aurait été grillée et flambée.

La Mante, le Berna et dame Antonia
avaient appris avec une bien grande tristesse, comment Falananna, après être
ressuscité, s'était enfui; ils l'attendaient
à la maison d'instant en instant; frère
Berna voulait justement aller aux nouvelles, quand on apprit que Falananna
était tombé dans l'Arno et y avait été
brûlé. On commença par ne pas trop
croire à cet accident; il était trop extraordinaire et on le désirait trop; mais le
bruit se confirmant, le Berna, vêtu en
moine, comme il était, se mit en route
pour savoir au juste la vérité. Arrivé au
pont de la Carraja, il s'y arrêta et vit le
malheureux Falananna, grillé, rôti, si
bien qu'il ressemblait à tout ce qu'on

voulait, excepté à un homme. Les yeux pleins de larmes, mais le cœur tout aise, il alla consoler d'un si épouvantable évènement la Mante et dame Antonia, qui déjà avaient reçu la visite de leurs parents. Il semblait, du reste, à tous ceux qui entendaient raconter le fait tel qu'il s'était passé, qu'il était absolument surprenant et extraordinaire, car on ne concevait pas pas qu'un homme pût tomber dans l'Arno et y brûler.

Quand on sut comment cela s'était passé, on finit par comprendre ; mais on fut désolé de l'accident et du malheur tout à fait nouveau et inouï de Falananna. Bien des gens crurent que c'était les sorcières qui lui avaient joué ce mauvais tour, à force d'enchantements et de sortilèges ; d'autres en accusèrent les nécromanciens, d'autres encore le diable ; cependant la plus grande partie des hommes s'accordait à dire que tout provenait de son étonnante simplicité, de sa folie.

Peu de jours après, la Mante, devenue,

par testament de son mari, maîtresse de
tous ses biens, épousa le Berna, du consentement de sa mère et de ses parents;
les noces furent célébrées en public; et
ils vécurent longtemps ensemble dans
une joie profonde, augmentant toujours
leur fortune et leur famille à la barbe de
Falananna qui, comme vous me l'avez ouï
dire, tomba dans l'Arno et s'y brûla. Cela
passa depuis en un proverbe qui s'est
perpétué jusqu'à nos jours; on dit souvent en certaines occasions : *Il est tombé
dans l'Arno et il y a brûlé.*

TROISIÈME NOUVELLE

—

LA LISABETTA, DES UBERTI, prend pour mari un jeune homme pauvre, dont elle est amoureuse; elle le dit à sa mère, qui la voulait marier richement. La mère, furieuse, cherche à rompre le mariage, mais la jeune fille simule un songe, et, avec l'aide d'un moine, elle en vient à ses fins du consentement de sa mère (1).

I jamais, dans cette soirée et dans la précédente, les dames et les jeunes gens avaient ri de bon cœur, la Nouvelle de Florido les fit rire pour tout de bon et ils ne pouvaient se retenir, quoique quelques-uns eussent, à force de rire, mal

---

(1) Cette nouvelle a été imitée par Imbert (*Nouvelles Historiettes en vers*, IV, 3, *Le long rêve*).

aux yeux et à la poitrine. Ils auraient ri
davantage encore, si la fin, vraiment trop
cruelle de Falananna, ne les avait un peu
calmés; car on trouvait que c'était un sot au
moins aussi intéressant, sinon plus, que le
docteur Simone da Villa et Calandrino. Mais
Galatea, dont c'était le tour, se mit à parler
gracieusement en ces termes : « Il n'y aura
» pas dans ma Nouvelle, aimables jeunes
» gens et vous honnêtes dames, d'aventures
» aussi bizarres ni aussi amusantes que celles
» que vous venez d'entendre; je veux vous
» raconter un trait d'habileté d'une jeune
» fille amoureuse, un expédient imaginé par
» elle, et je crois que vous éprouverez un vif
» étonnement en voyant tenir plus de compte
» de la bonté et du mérite que des richesses,
» des grandeurs, des honneurs et des privi-
» lèges en ce monde; » et elle continua :

Dame Laldomina, de la famille des
Uberti, femme noble et très riche de
notre ville, resta veuve avec une fille
nommée Lisabetta, qui était non seulement charmante, mais belle à merveille.
Lisabetta était aimée et courtisée par une

foule de jeunes gens nobles et riches et,
comme le moment était venu pour elle
de se marier, on la demandait à sa mère
mille fois par jour, non pas tant pour ses
belles qualités, pour ses charmes, que
pour la très grosse dot et pour les espé-
rances qu'elle avait. Mais la mère, qui
désirait ardemment voir sa fille bien
mariée, ne savait se résoudre à la
donner à personne, et lui cherchait un
mari jeune, beau, riche, noble, sage et
bien élevé; il manquait à tous les préten-
dants quelqu'une des qualités requises,
et elle ne trouvait rien à son gré.

Pendant ce temps, la Lisabetta s'était
vivement éprise d'un jeune homme qui
demeurait auprès de chez elle; il se nommait Alessandro et il était recommandable
à tous égards, sinon qu'il était pauvre et,
disait-on, de petite noblesse : aimé d'ailleurs et respecté de tous ceux qui le connaissaient. Il n'avait ni père, ni mère, ni
frères, ni sœurs; il vivait seul avec une
servante et s'occupait de l'étude des

belles-lettres. Il restait la plupart du temps
chez lui et, pour le voir, la Lisabetta
venait souvent sur sa terrasse ou se mettait à une fenêtre d'où l'on découvrait
toute la petite maison du jeune homme.
Alessandro, qui était sage et avisé, s'a-
perçut vite de cet amour et il donna à la
jeune fille dans son cœur tant de place
qu'il ne pouvait, ni jour ni nuit, penser
à autre chose; ce fut bien mieux encore
quand la Lisabetta lui eut jeté je ne sais
quelles lettres si bien rédigées et avec
tant d'éloquence, qu'elles lui causèrent
un prodigieux étonnement et rendirent
son amour mille et mille fois plus vif,
surtout quand il apprit le bien extrême
qu'elle lui voulait.

Après avoir longuement réfléchi sur ce
sujet, il lui sembla qu'il fallait essayer et
voir si elle voulait devenir sa femme en
contractant un mariage secret; « car, »
se disait-il, « quand il aura eu lieu, il
» faudra bien que ce soit fait, et si je
» réussis, y aura-t-il après cela au monde

» un être plus heureux, plus fortuné que
» moi ? » Aussitôt il lui écrivit une
lettre où il lui ouvrait son cœur. Sans
trop réfléchir, la Lisabetta se décida à
l'épouser, attendu que, sans parler de
son opinion, à elle, elle avait entendu
des hommes qui s'y connaissaient vanter
le savoir, le jugement d'Alessandro, les
excellentes qualités qu'il possédait ; elle
crut donc trouver en lui un bon adminis-
trateur, un homme capable non seulement de conserver, mais encore d'accroître ses richesses. Elle le prévint de
ce qu'il avait à faire et, la nuit suivante,
Alessandro, étant monté sur son toit d'où
il gagna, à l'aide d'une échelle, la terrasse
de la maison voisine, trouva, comme
c'était convenu, Lisabetta qui l'attendait
toute joyeuse. Ils s'entretinrent d'une
foule de choses, et Alessandro ne fit,
pour le moment, rien de plus que de
baiser sa bien-aimée et lui donner l'anneau ; il lui laissa, comme elle le désirait,
le soin de rendre le mariage public ;

enfin, ils se quittèrent enchantés l'un de
l'autre.

Sur ces entrefaites, dame Laldomine se
décida à donner sa fille à Bindo, fils de
messer Geri Spina, alors un des premiers citoyens de Florence, et cela quoiqu'il remplit bien peu des conditions
qu'elle désirait rencontrer; mais la Lisabetta, qui était au courant de tout, devança
l'époque qu'elle s'était fixée, et un soir,
après souper, elle raconta entièrement et
de point en point à sa mère tout ce qui
s'était passé entre Alessandro et elle.
Dame Laldomine se mit fort en colère
et fit grand bruit; elle dit à sa fille de ne
pas espérer pousser plus loin ce mariage,
qu'elle n'en voulait à aucun prix. Le
matin du jour suivant, elle l'emmena avec
elle et la laissa au couvent; rentrée dans
sa maison, elle fit chercher messer Geri,
elle lui raconta tout, et ils formèrent le
dessein de faire renoncer Lisabetta à son
mariage par n'importe quel moyen, de
gré ou de force, d'écrire à Rome et

d'obtenir à prix d'argent du Pape un bref à son vicaire, prescrivant, sous peine d'excommunication, de rompre l'union conclue.

Le bruit de cette affaire se répandit dans Florence où l'on ne parlait alors pas d'autre chose. Alessandro, chagrin à en mourir, croyait fermement qu'il ne pourrait jamais célébrer ses noces avec sa chère Lisabetta; déjà messer Geri lui avait fait parler et l'avait effrayé, de sorte qu'il ne savait que faire, et il ne pouvait pas, tant que les choses restaient dans cet état, connaître l'avis de la jeune fille. Lisabetta, qui ne pouvait pas, elle, sortir du monastère, qui n'avait pas le moyen d'envoyer de messagers ni de lettres à son Alessandro, craignait qu'il ne manquât de fermeté et qu'il ne fût amené par peur à renoncer à elle, car elle savait très bien quelles étaient l'autorité et la puissance de messer Geri. Elle en était fort tourmentée; jour et nuit elle pensait à mettre son projet à exécution, et elle roulait à chaque instant dans sa tête mille partis, mille moyens différents. Enfin, elle se décida à en essayer un entre autres et, dans ce but, elle dit à l'abbesse que sa conscience la poussait à abandonner cet Alessandro, qui était pauvre, et à faire la volonté de sa mère en prenant Bindo, qui était fort riche ; qu'elle consentait, après avoir bien réfléchi à ses intérêts, à faire ce qui plairait à dame Laldomine.

L'abbesse fut enchantée de cette résolution et la fit tout de suite connaître à la mère, qui vint toute joyeuse au monastère ; elle embrassa et baisa bien tendrement sa fille et, le soir même, elle la ramena dans sa maison, ayant l'intention de faire chercher le lendemain matin messer Geri et de s'entendre avec lui pour que les noces se fissent au plus tôt.

Mais, pour mettre la dernière main à ses projets, la Lisabetta, qui couchait dans une antichambre, se leva dès qu'elle vit par les fenêtres l'aube paraître ; elle vint aussitôt dans la chambre de sa mère

et lui dit d'une voix tremblante et l'air
épouvanté : « Ma chère mère, je viens
» de faire un songe et je tremble de peur
» comme une feuille. — Eh bien ! que
» veux-tu que j'y fasse ? » répondit dame
Laldomine, « n'y pense plus, ne sais-tu
» pas que, d'après le proverbe, les songes
» sont mensonges et que les rêves ne se
» réalisent pas ? — Hélas ! » répliqua la
Lisabetta, « vous ne savez pas ce que
» j'ai vu; cela s'applique à vous aussi,
» et je voudrais que nous y réfléchis-
» sions.— Et que veux-tu penser à cela ? »
reprit la mère. Et elle tomba dans le
piège que lui tendait Lisabetta en lui
disant : « Si tu veux, je ferai venir frère
» Zaccario, notre confesseur, qui est
» presque un saint et qui est fort habile
» à interpréter les songes. — Oh, mais
» oui ! je le veux bien, » poursuivit la
jeune fille, « envoyez-le chercher; il me
» semble qu'il s'écoulera mille ans avant
» que je sois hors de peine. »

Dame Laldomine appela donc une ser-

vante, lui dit d'aller à Santa Croce et de
prier de sa part Fra Zaccario de venir
tout de suite à la maison pour chose de
grande importance. Ce frère était un religieux d'excellente réputation, plein de
bonté plus que de science, homme
simple et pieux ; dès qu'il reçut le mes-
sage, il vint bien vite à la maison de dame
Laldomine et la trouva dans sa chambre
avec sa fille ; toutes deux l'attendaient.
Elles allèrent à sa rencontre en le saluant,
et l'accueillirent avec respect ; puis, elles
le firent asseoir ; son compagnon l'attendait dans la salle. Elles se placèrent en
face de lui et dame Laldomine se mit à
parler en ces termes :

« Mon père, ne vous étonnez pas que
» je vous aie fait chercher en toute hâte
» et de si bonne heure : ma Lisabetta a
» fait un songe qui l'a toute glacée d'ef-
» froi ; elle voudrait en avoir votre avis,
» se le faire interpréter par vous. — Ma
» sœur, » répondit le moine, « je ferai,
» avec l'aide de Dieu, pour vous être

» agréable, tout ce que je pourrai ; je
» vous dirai tout ce qu'il m'inspirera ; je
» vous ferai observer d'abord que c'est
» folie d'attacher beaucoup d'importance
» aux songes ou d'y trop ajouter foi,
» car ils sont presque toujours faux ;
» cependant il ne faudrait pas s'en mo-
» quer ni en faire fi tout à fait, parce
» qu'ils sont quelquefois vrais ; plusieurs
» passages de l'Ancien et du Nouveau
» Testament en sont témoins, par
» exemple ce qu'on y lit à propos de
» Pharaon, des sept vaches grasses, des
» sept vaches maigres, et aussi des épis
» de blé. Saint Luc dit encore dans
» l'Évangile que l'Ange apparut en songe
» à Joseph et lui commanda de s'enfuir
» d'Égypte avec la Vierge et le Christ,
» au moment où Hérode cherchait à le
» tuer. » — Puis, se tournant vers la
jeune fille, il lui dit de lui raconter son
rêve.

La Lisabetta, les yeux baissés, commença par prier frère Zaccario et sa mère

de vouloir bien ne pas l'interrompre tant
qu'elle n'aurait fini de parler, et, d'une
voix tremblante, elle s'exprima en ces
termes : « Hier soir, je me suis couchée
» plus tard que d'habitude; je me suis
» laissée aller à réfléchir dans mon lit à
» diverses choses, et il m'a été pendant
» longtemps impossible de fermer l'œil.
» Cependant, je me suis à la fin endormie
» au moment où le jour allait paraître
» et, en dormant, il me semblait être en
» dehors de la porte de San Friano, sur
» les rives de l'Arno que je voyais cou-
» vertes de fleurs. Je m'asseyais sur
» l'herbe verte et fine, à l'ombre bien-
» faisante du premier arbre venu, et j'é-
» prouvais, en voyant l'eau, plus claire,
» plus pure que jamais, s'en aller en cou-
» lant doucement, un plaisir étonnant,
» une satisfaction infinie : quand tout à
» coup je vis apparaître à mes yeux un
» immense char, dont une moitié était
» blanche comme l'ivoire et l'autre noire
» comme l'ébène. Du côté droit était une

» énorme colombe, blanche comme la
» neige, et du côté gauche un corbeau
» démesuré, noir comme un charbon
» éteint ; ils tiraient le char comme les
» chevaux et les bœufs tirent les nôtres.
» Juste au milieu du char était placé un
» siège, moitié noir, moitié blanc et,
» comme tout le reste, admirablement
» travaillé. Pendant que je regardais, je
» fus mise sur ce siège, je ne sais par
» qui ni comment ; mais je n'y fus pas
» plus tôt assise, que la blanche colombe
» et le noir corbeau, déployant leurs
» ailes, plus rapides que le vent, s'en-
» volèrent dans les airs et montèrent dans
» l'immensité ; il me sembla qu'ils tra-
» versaient les cieux tout entiers. Je laisse
» de côté toutes les merveilles que je vis ;
» mon attelage me conduisit dans ce que
» nous appellerions un très vaste salon
» de forme ronde, me plaça au milieu et
» me laissa au pied d'un énorme globe,
» autour duquel il y avait trois rangs de
» très beaux jeunes gens ; les premiers

» étaient habillés de vert, les seconds de
» blanc, les troisièmes de rouge. Me
» voyant là, j'attendais, étonnée et trem-
» blante, ce qui allait se passer, quand
» cet énorme globe s'ouvrit, laissant voir
» un siège bien élevé, sur lequel était
» assis un jeune homme vêtu de feu et
» couronné de flammes ardentes. Quand
» il tourna le visage vers moi, mes
» faibles yeux ne purent supporter une
» si vive lumière, mille fois plus écla-
» tante que celle du soleil; éblouie,
» je fus obligée de les baisser; je les
» tins fermés pendant un bon moment
» et je m'aperçus bientôt, en les tour-
» nant autour de moi, que cette lumière
» éclatante m'avait rendue aveugle.
» J'entendis alors prononcer, par une
» voix qui roulait comme le tonnerre,
» un mot que je n'ai jamais entendu, qui
» n'a jamais frappé l'oreille de personne
» au monde, et je me sentis emporter
» sans voir par qui. Après de longs dé-
» tours, je fus déposée sur la terre, dans

» un pré couvert d'herbe autant que je
» pus m'en rendre compte en tâtonnant,
» et j'entendis une voix humaine me
» dire : — Ma fille, ne crains rien,
» attends, tu recouvreras la vue. — Je
» me retournai au son de ces paroles et
» je voulus répondre, mais je ne pus
» exprimer avec ma langue ce qui se
» passait dans mon esprit et je reconnus
» que, d'aveugle que j'étais, j'étais deve-
» nue muette; aussi triste qu'effrayée,
» j'attendais ce qui allait advenir de moi,
» quand une personne vivante me prit
» la main droite et me dit : — Étends-
» toi à terre de toute ta longueur.
» — J'obéis et j'arrivai ainsi avec mon
» front jusqu'aux fraîches eaux d'une
» fontaine où je plongeai la main; la
» même personne me dit de me toucher
» les yeux et de me laver toute la face avec
» ces eaux sacrées; et aussitôt, ô mi-
» racle ! je recouvrai la vue; je tournai
» alors les yeux autour de moi et
» j'éprouvai un étonnement si profond,

» qu'il me semblait que mon cœur allait,
» à force de joie et d'allégresse, sauter
» hors de ma poitrine. J'étais devant un
» pieux ermite, d'aspect imposant et
» sévère. Il avait le visage pâle et maigre,
» les yeux doux et graves, sa barbe
» épaisse tombait sur sa poitrine, sa
» chevelure partagée en deux flottait sur
» l'une et l'autre épaule, les cheveux
» ressemblaient à des fils de pur et fin
» argent; ses vêtements très longs et
» d'étoffe fine avaient la couleur natu-
» relle de la laine; deux brins de jonc
» flexible formaient sa ceinture; sur sa
» tête était une légère et jolie guirlande
» de branches du pacifique olivier; il
» commandait le respect, il inspirait la
» vénération. Le pré sur lequel j'étais
» assise était couvert d'une herbe tendre
» et si verte, que quelquefois elle tour-
» nait au brun; il était émaillé de mille
» sortes de fleurs charmantes; aussi loin
» que ma vue pouvait s'étendre, bien
» plus loin peut-être, se prolongeait la

» gaie prairie, sans qu'il s'y trouvât
» d'arbres d'aucune sorte. Au-dessus, le
» ciel était clair et brillant, sans étoiles,
» sans lune, ni soleil ; l'ermite véné-
» rable était assis sur un siège assez
» haut, taillé dans le roc et entouré de
» lierre ; de chaque côté on pouvait voir
» une fontaine pas trop grande, mais
» jolie et délicieuse, que des mains sa-
» vantes ou habiles n'avaient pas artiste-
» ment construite en marbre ou en
» albâtre, mais dont l'ingénieuse nature
» avait fait tous les frais. Sur les rives de
» l'une, on apercevait des lis frais et
» pleins de rosée ; sur celles de l'autre,
» des violettes pâles et pourprées ; l'eau
» de la première semblait être du lait
» doux et exquis, celle de la seconde de
» l'encre très fine et d'un beau noir.

» Pendant qu'attentive je contemplais
» tout cela, le saint vieillard me bénit et,
» en un instant, la parole me revint ; je
» m'agenouillai à ses pieds en l'adorant,
» et je lui rendis grâces le mieux que je

» pus ; mais il m'interrompit en me di-
» sant : — Fais attention à ce que je vais
» faire et regarde bien, car je le ferai
» pour t'instruire. — Il était entre les
» deux fontaines ; il prit de la main
» droite une petite pierre et la jeta dans
» celle qui était à l'Orient : les eaux
» blanches comme du lait eurent à peine
» été frappées, qu'on en vit sortir un
» jeune enfant blanc et frisé entouré des
» rayons des étoiles, resplendissant d'un
» éclat divin ; il s'élança tout joyeux
» vers le ciel en chantant et en riant, et,
» comme s'il eût eu des ailes, il s'envola
» si haut, si haut, que je le perdis de
» vue. Ensuite l'ermite prit de la main
» gauche une autre pierre et la lança
» dans la fontaine qui était à l'Occident ;
» à peine l'eau noire avait-elle été tou-
» chée, qu'on en vit distinctement sor-
» tir un autre jeune enfaut, livide, enflé
» et entouré de disques de flammes ar-
» dentes ; il se contournait et se déme-
» nait comme quelqu'un qui brûle. Au

» même instant, la terre s'entr'ouvrit ; il
» se forma devant mes yeux un gouffre
» d'une extrême profondeur, dans lequel
» l'enfant se précipita en poussant des
» cris et des hurlements. Aussitôt qu'il
» fut englouti, la fissure se ferma et la
» terre redevint ce qu'elle était avant,
» couverte d'herbes et de fleurs.

» Alors l'homme de Dieu m'appela :
» j'étais à demi morte de penser à tant
» de choses merveilleuses que j'avais
» vues, et il me dit : — Ma fille, si tu
» fais ce que je vais te dire, ton âme s'en
» ira à la fin de ta vie, comme cet en-
» fant qui est sorti de cette fontaine,
» — et il me montra la fontaine de lait ;
» puis il ajouta : — Si tu n'observes pas
» mon commandement qui est celui de
» Dieu, l'autre enfant qui est sorti de
» cette autre fontaine te retrouvera au
» fond de l'enfer, condamnée, avec ta
» mère, à un éternel supplice. Alors,
» hésitant entre la peur et l'espérance,
» joyeuse et chagrine, je répondîs :

» — Serviteur de Dieu, ordonnez, je suis
» prête à faire tout ce qui vous plaira, à
» vous et à mon Seigneur. Et il me dit :
» — Dieu veut que tu prennes pour
» époux Alessandro Torelli, à qui tu es
» légitimement mariée, et que tu re-
» nonces à tout autre mariage ; il veut
» de plus que tu donnes trois cents
» livres au premier prêtre que tu ren-
» contreras, et que ce prêtre les donne,
» pour l'amour de Dieu, à une jeune
» fille pauvre, sur le point de se marier.
» — Cela dit, la prairie, les fontaines, le
» saint ermite et le sommeil aussi s'éloi-
» gnèrent en un instant de mes yeux, et
» je me réveillai. »

Lisabetta se tut. Fra Zaccario, qui
avait été très attentif à ses paroles pendant presque une demi-heure et qui y
avait eu entière confiance, car il ne pensait pas qu'une si jeune fille pût jamais
trouver dans son propre fonds et ourdir
une trame si compliquée, était stupéfait
et émerveillé au possible. Après avoir

bien réfléchi à tous ces détails, il se tourna
vers dame Laldomine, qui se tourmen-
tait déjà et qui voulait faire des reproches
à sa fille; il la pria en grâce de se taire
et se fit raconter en détail par la Lisabetta ce qui s'était passé entre elle et
Alessandro. Quand il sut qu'elle devait
se marier de nouveau avec Bindo, et
faire déclarer nul par le Pape son premier, son vrai mariage, il pensa que
c'était pour ce motif que notre Seigneur
Dieu lui avait envoyé le songe qu'elle
avait raconté. Ayant bien compris, il se
tourna vers dame Laldomine pour la
consoler; il lui fit sur le mariage un beau
sermon et en arriva avec elle à cette conclusion, que le mariage de Lisabetta et
d'Alessandro ne pouvait en aucune façon
être dissous, parce qu'Alessandro était
réellement l'époux de la jeune fille; il
disait que l'homme ne peut ni ne doit
séparer ceux que Dieu a unis, et que les
lois et la puissance du mariage sont bien
autre chose que ce qu'une foule de gens

voudraient le donner à penser. Revenant
au songe, il l'exposa point par point;
s'arrêtant au dernier, il dit que de ces
deux fontaines, l'une, blanche, représente l'état d'innocence et de grâce;
l'autre, noire, l'état de péché, de méchanceté; et il signifia aux deux dames
que, si elles ne faisaient pas la volonté de
Dieu, elles s'en iraient dans les profon-
deurs de l'enfer: de sorte qu'il semblait à
dame Laldomine qu'elle se trouvait aux
mains du diable, ce qui ne laissait pas de
l'effrayer quelque peu.

Le bon père, sachant que si la Lisabetta ne restait pas à Alessandro, l'aumône de trois cents livres s'en irait en
fumée, poussait à la roue tant qu'il pouvait; d'ailleurs cette alliance lui semblait
très raisonnable: il tenait Alessandro
pour un jeune homme studieux et lettré,
sans compter qu'il était bon et bien
élevé, et il engageait dame Laldomine à
lui donner sa fille à tout prix. Il lui disait
qu'en ce monde, le mérite est la vraie
richesse, et aussi que la Lisabetta, très

riche par elle-même, n'avait pas besoin
d'un mari riche, mais d'un homme de
bien qni sût conserver et augmenter sa
fortune en en faisant librement usage,
selon le cas et quand l'occasion se pré-
senterait ; on ne pouvait sous ce rapport,
ajoutait-il, trouver dans tout Florence un
jeune homme plus à souhait qu'Alessandro. Enfin il parla si bien, qu'il fit comprendre à la vieille que c'était chose juste
et honnête de lui donner Lisabetta ou,
plutôt, de la lui rendre, puisque, par la
volonté de notre Seigneur Dieu, il l'avait
déjà prise pour femme ; d'ailleurs, si on
agissait autrement, c'était la damnation
éternelle pour la dame et pour sa fille,
comme il l'avait dit déjà. Bref, il ne resta
dans l'esprit de dame Laldomine d'autre
préoccupation que celle de congédier
messer Geri ; elle savait cependant qu'il
avait écrit à Rome au sujet de ce mariage,
qu'il en avait parlé au vicaire et à tous
les magistrats, et qu'il avait, à ce propos,
mis Florence sens dessus dessous.

Elle répondit donc à Frère Zaccario en
ces termes, avec une modestie parfaite :
— « Vous m'avez su si bien persuader
» en m'exposant le songe et en m'en
» donnant l'explication, vous m'avez si
» bien fait toucher du doigt que mon
» âme, dont je me préoccupe plus que
» de tout le reste, s'en irait en enfer
» avec celle de ma fille, que je ne
» demande pas mieux que de faire tout
» ce que vous voulez; mais je ne sais
» comment m'y prendre pour congédier
» messer Geri : il me semble que ce
» serait lui faire une trop grosse impo-
» litesse et même un outrage. »

A cela, le bon moine répliqua : —
« Madame, quand il s'agit d'honorer
» Dieu et de sauver son âme, aucune
» considération n'importe, il ne faut
» s'arrêter à rien; si cela vous convient,
» j'irai, par charité, le trouver; il sera
» satisfait, je vous jure, et demeurera
» votre ami. — Oh! de grâce, » s'écria
la dame, « je vous en prie, et je veux

» que tout ce mariage se fasse par vos
» soins, que vous soyez le premier à
» en parler à Alessandro. » La Lisabetta, qui avait entendu ces propos si
rassurants, ne se sentait pas de joie ; elle
ne tenait plus dans sa peau et elle dit à
sa mère : — « Il faut, avant tout, donner
» au père les trois cents livres destinées
» à faire l'aumône à la pauvre enfant qui
» se marie. — Tu as bien parlé, » répondit le moine, « car on ne peut
» faire en ce monde chose plus agréable
» à Dieu qu'œuvre de charité ; vous sa-
» vez que j'ai justement une nièce, bien
» élevée, de bonnes manières, qui,
» depuis deux ans, voudrait avoir
» un mari et qui n'en a pas, parce
» qu'elle n'a pas de dot ; car son père,
» qui est tisserand, avec une femme et
» d'autres enfants, peut à peine gagner
» de quoi les faire vivre ; ce sera certai-
» nement une très bonne œuvre. »

Dame Laldomine fit donc un billet au
moine pour que les trois cents livres lui

fussent payés à la Banque des Peruzzi,
et elle le pria de vouloir bien ensuite
arranger l'affaire avec messer Geri.
Frère Zaccario, tout joyeux, quitta les
deux dames, qui demeurèrent fort tran-
quilles, surtout la Lisabetta. La première
chose que fit le bon père, fut d'aller
chercher son argent et de le porter chez
lui ; il s'en servit ensuite en temps et
lieu pour marier sa nièce ; puis, quand le
moment lui parut venu, il alla trouver
messer Geri, et après lui avoir fait un
très long discours, il le ramena à ses
vues ; c'était un homme qui se laissait
convaincre par de bonnes raisons, et qui
avait du reste grande confiance et beaucoup de respect pour lui.

Frère Zaccario, après lui avoir fait les
plus vifs remerciements, revint trouver
les dames, qui l'attendaient ; il leur
raconta tout et fit appeler Alessandro,
qui venait de rentrer pour dîner. Le
jeune homme arriva, plein d'une allégresse infinie, et le bon père, l'ayant fait

asseoir en face des deux dames, lui raconta dans un très beau langage tout ce qui s'était passé ; puis, il lui dit qu'on avait préparé pour le soir un magnifique repas et qu'il fallait qu'il épousât la Lisabetta en présence de ses parents et de ses amis. Tout le monde fut d'accord et on dîna le matin de compagnie ; le soir, les noces furent splendides et magnifiques ; en présence de toute la famille, Alessandro donna l'anneau à la jeune fille et passa ensuite la nuit avec elle. Cet événement, dont la nouvelle se répandit dans Florence, fit plaisir à tout le monde, et on combla d'éloges la mère et la fille.

Alessandro, sorti de sa pauvre petite maison et entré dans ce grand et riche palais, en prit la direction sans abandonner ses études ; de telle sorte qu'en peu de temps il augmenta à la fois ses richesses et sa réputation, et s'acquit une telle renommée de magnificence, de sagesse et d'honorabilité, que la Répu-

blique l'employa plusieurs fois à l'intérieur
et à l'extérieur pour affaires d'importance ; sa gloire, sa fortune et sa famille
allèrent toujours en augmentant, non
sans plaisir et grande satisfaction pour
dame Laldomine, et il vécut de longues
années.

Voilà comment la sagesse d'une jeune
fille amoureuse vint à bout de la malice
de la fortune ; et comment, en se procu-
rant à elle-même contentement, délices
et joie, elle donna à son mari plaisir, aisance, honneur, brillante position, et à
sa patrie gloire et renommée.

QUATRIÈME NOUVELLE

—

LE SCHEGGIA, LE PILUCCA ET LE MONACO *font croire à Gian Simone, bonnetier, qu'ils le feront, grâce à leurs en-chantements, suivre partout par celle qu'il aime. Gian Simone, pour être sûr de son fait, leur demande de lui faire voir une preuve de leur puissance; ils lui en donnent une qui l'effraie. Il ne veut pas continuer, et ils font si bien, qu'ils tirent de lui vingt-cinq ducats, avec lesquels ils s'amusent un brin.*

ussitôt que Galatea eut achevé son histoire, qui n'avait pas fait trop rire, mais que tout le monde avait trouvée fort intéressante, Leandro, qui venait après elle, se mit à parler d'un air enjoué : « Puisque dans la dernière soirée,

» belles dames, et vous, aimables jeunes
» gens, le sort a voulu que je vous attris-
» tasse, que je vous fisse pleurer en vous
» racontant de terribles et malheureux évè-
» nements, j'avais pensé à vous égayer ce
» soir et à vous faire rire autant que vous
» avez pleuré ; mais Florido m'a prévenu et
» je ne sais pas quel succès j'aurai auprès de
» vous, qui vous êtes tant égayés de son
» histoire, qui en avez tant ri ; j'espère néan-
» moins vous amuser et vous faire rire,
» moi aussi. »

Le Scheggia et le Pilucca furent,
comme vous pouvez l'avoir entendu
dire, de rusés et facétieux compagnons,
amis de la gaieté et maîtres passés chacun
dans leur art. L'un était orfèvre et
l'autre sculpteur. Bien qu'ils fussent
plutôt pauvres qu'autre chose, ils étaient
ennemis jurés du travail, tout en faisant
la meilleure chère du monde ; ils ne se
préoccupaient de rien et vivaient gaiement.

Le hasard fit qu'ils se lièrent avec

un certain Gian Simone, bonnetier, homme d'un esprit épais, mais à son aise, qui avait alors sa boutique du côté des Pecori et chez qui on se réunissait dans l'arrière-boutique, surtout en hiver; le Scheggia et le Pilucca venaient souvent y passer le temps, on y jouait quelquefois aux échecs et aux tarots, on y bavardait aussi, tout en buvant bouteille; le Scheggia, qui était beau parleur et qui savait inventer de belles choses, racontait souvent des histoires de revenants et de sorciers qui faisaient grand plaisir à ceux qui les entendaient; on en était émerveillé.

A cette époque, Gian Simone était amoureux d'une veuve, sa voisine, extrêmement belle; mais elle était noble, fort honnête, elle avait une aisance convenable; et cela chagrinait Gian Simone, qui ne savait comment venir à bout de son amour. Faute de trouver d'autre moyen, il pensa que ce serait par magie, et non autrement, qu'il arriverait à cueillir

le fruit tant convoité; ayant donc appelé
un jour le Scheggia en qui il avait grande
confiance, il lui raconta tout, lui fit part
de son désir et ensuite lui demanda aide
et conseil, après lui avoir fait jurer de se
taire. Le Scheggia dit que ce serait
chose facile à arranger, mais qu'il fallait
en conférer avec le Pilucca, qui avait un
ami, nommé Zoroastro, lequel faisait
faire aux diables tout ce qu'il voulait,
tout ce qui lui plaisait. Gian Simone,
ayant répondu que cela lui allait, ils se
mirent d'accord pour souper ensemble
le lendemain soir dans sa maison; on
devait se consulter, délibérer sur ce
qu'il y avait à faire au sujet de cet
amour.

Le Scheggia, joyeux au possible, fut à
peine parti, qu'il alla trouver le Pilucca;
il lui conta toute l'histoire, et tous deux
se firent une fête de penser non seulement au plaisir, mais encore au profit
que la chose leur rapporterait; ayant décidé ce qu'il convenait de faire, ils s'en

allèrent à leurs occupations. Le lendemain soir (c'était la Toussaint), ils se
présentèrent de bonne heure à la boutique de Gian Simone, qui les mena peu
de temps après à sa maison, où il avait
fait préparer un souper splendide, et,
quand on eut mangé les fruits, on renvoya les dames dans leur chambre et on
se mit à causer de Gian Simone et de
son amour. Le Scheggia demanda au
Pilucca de vouloir bien prier Zoroastro
de faire en sorte, avec ses enchantements,
que Gian Simone jouît de sa bien-aimée
et la possédât, ainsi que Zoroastro l'avait
fait déjà pour une foule de braves gens
comme celui-là. Le Pilucca répondit qu'il
y ferait tous ses efforts et que le lendemain il viendrait rapporter la réponse :
il espérait bien avoir de bonnes nouvelles à donner. Puis on prit congé de
Gian Simone, qui resta consolé et joyeux,
attendant avec une extrême impatience
le moment de se trouver avec sa veuve.

Les deux compagnons, après avoir

pris diverses résolutions, s'en allèrent au
lit. Le matin, ils vinrent trouver leur
ami Zoroastro et lui contèrent toute la
trame, qui lui plut beaucoup, parce qu'il
était grand amateur de farces de ce
genre. Il leur dit une foule de choses et
ils trouvèrent à eux trois mille moyens
de bafouer Gian Simone et de l'attaquer;
ils décidèrent que le Pilucca irait le voir
et lui dirait que le magicien consentait à
exaucer ses désirs, à la condition qu'il
recevrait d'avance vingt-cinq florins. On
laissa Zoroastro seul; le Pilucca vint à
la boutique et avertit Gian Simone;
celui-ci trouva fort étrange l'affaire des
florins et la prétention de les avoir
d'avance; il ne voulut pas se décider
tout de suite et répondit au Pilucca
d'aller chercher le Scheggia et de revenir
avec lui : qu'il les attendait à dîner et se
déciderait alors, mais qu'il ne voulait
rien faire sans l'avis du Scheggia.

Cela plut assez au Pilucca. Il alla
trouver le Scheggia, qui l'attendait à

Santa Reparata, et lui dit ce qui se passait. Le Scheggia en fut enchanté; ils se
promenèrent assez longtemps, puis,
l'heure de manger étant venue, ils s'en
allèrent chez Gian Simone qui, dès qu'il
les vit, alla au-devant d'eux, les prit par
la main et les emmena dîner (il habitait
alors la via Fiesolana). Quand on eut
fini de manger, on causa longuement de
l'enchantement et de l'enchanteur. Gian
Simone ne voulait pas donner ces vingt-
cinq ducats, surtout d'avance; enfin le
Scheggia lui ayant dit que le magicien
ferait en sorte que sa dame ne pourrait
vivre sans lui, il finit par consentir, mais
à la condition qu'avant de donner son
argent, il verrait de la puissance de l'enchanteur une preuve telle, qu'il pourrait
espérer se trouver avec sa bien-aimée. —
« Vous savez bien », répondit le Scheggia,
« que c'est un honnête homme; il vous
» fera voir une chose qui vous étonnera
» bien et qui vous donnera toute con-
» fiance; mais, dites-moi, avez-vous

» pensé à la manière dont vous voulez
» vous trouver avec elle pour la première
» fois ? — Pas encore, » dit Gian
Simone. Le Pilucca dit alors : — « Il
» faudra que pour la première fois il la
» fasse venir dans votre lit au milieu de
» la nuit, et qu'il la mette toute nue à vos
» côtés ; puis, qu'il la rende amoureuse
» de vous à tel point, qu'elle ne voie pas
» d'autre Dieu, qu'elle se fonde, qu'elle
» se liquéfie à propos de vous, comme
» le sel dans l'eau. Soyez tranquille, ii
» s'arrangera de façon qu'elle coure après
» vous plus que les moutons après le
» pain salé. — Bien dit ! » reprit Gian
Simone, « on ne pouvait avoir une meil-
» leure idée, qu'il en soit ainsi ! Mais,
» avant de compter l'argent, je veux voir
» quelque preuve, non pas que je manque
» de confiance en vous et en lui, mais
» pour ne pas paraître étourdi, pour
» montrer que je suis un homme et non
» une ombre, pour être sûr de mon fait
» enfin ; l'enchanteur m'en estimera bien

» davantage. — Il n'y a rien à vous
» répondre, » continua le Scheggia,
« tant vous parlez bien; après-demain
» Dimanche soir, nous irons le trouver
» ensemble chez lui, à Gualfonda, où il
» demeure, et vous verrez des miracles. »

Après s'être entretenus d'une infinité
d'autres choses, et avoir convenu de se
retrouver le Dimanche soir à Santa Maria
Novella, ils sortirent; Gian Simone s'en
alla tout joyeux à sa boutique et les deux
compagnons allèrent trouver Zoroastro.
C'était un homme de trente-six à quarante ans, grand et bien fait de sa personne, de teint olivâtre, l'air farouche, le
regard imposant, une longue barbe noire
en désordre tombant sur sa poitrine; il
était bizarre et fantasque. Il s'était occupé
d'alchimie, s'était adonné et s'adonnait
encore à la magie; il avait chez lui des
signes et des caractères magiques, des
phylactères, des talismans, des cloches,
des alambics et des fourneaux de toutes
sortes pour distiller l'herbe, la terre, les

métaux, les pierres et les bois ; il avait
encore une peau d'animal arraché au
ventre de sa mère, des yeux de loup cer-
vier, de la bave de chien enragé, des
arètes de poisson volant, des os de morts,
des cordes de pendus, des poignards et
des épées qui avaient tué des hommes,
la clavicule et le couteau de Salomon,
des plantes et des semences recueillies
aux diverses phases de la Lune et sous
diverses constellations, et mille autres
bibelots de ce genre pour faire peur aux
niais. Il étudiait l'astrologie, la physio-
gnomonie, la chiromancie et cent autres
sottises ; il croyait beaucoup aux sorcières,
mais surtout il avait foi aux esprits ; et,
avec tout cela, il n'avait jamais pu rien
voir ni rien faire de contraire aux lois de
la Nature, quoiqu'il racontât à ce sujet
mille contes et mille sottises qu'il s'ingé-
niait à faire croire à ceux qui l'écoutaient.
Il n'avait ni père ni mère et, quoiqu'il
fût à son aise, il était obligé de rester la
plupart du temps seul dans sa maison ; la

frayeur qu'il inspirait faisait qu'il ne trouvait ni valet ni servante qui voulût de-
meurer avec lui, ce dont il se réjouissait
extrêmement en lui-même; il voyait peu
de monde, et, quand il sortait par hasard,
c'était toujours avec une barbe emmêlée
et jamais peignée; il était sale et crasseux,
et le bas peuple le tenait pour un grand
philosophe, un grand magicien.

Le Scheggia et le Pilucca étaient ses
amis intimes; aussi savaient-ils à deux
onces près ce que pesait son savoir et
pendant combien de jours il avait la puissance de Saint Blaise; ils allèrent le
trouver et le mirent au courant de ce qui
avait été convenu avec Gian Simone. Ils
lui dirent que Gian Simone donnerait
vingt-cinq ducats d'avance, mais qu'il
voulait voir auparavant quelque signe
capable de lui prouver que ses projets
devaient réussir; enfin ils lui contèrent
tout ce qui avait été arrêté entre eux.

Zoroastro était, malgré tout, très rusé;
il trouva tout d'abord une foule de

J   25.

moyens pour donner à l'imbécile la preuve
qu'il demandait. Ensuite, pour flatter sa
passion, les deux compagnons en indi-
quèrent encore une infinité d'autres; tous
finirent par tomber d'accord et arrêter un
plan de conduite; après quoi Zoroastro
leur dit que le Dimanche soir il aurait
tout préparé et qu'il les attendrait dans sa
maison. Le Scheggia et le Pilucca s'en
allèrent très heureux, parce qu'ils comp-
taient bien se goberger des jours et des
semaines aux frais de Gian Simone, et ils
ne pensèrent, jusqu'à la date indiquée,
qu'à se promener et à se divertir.

Gian Simone, qui voyait tous les
matins sa veuve grassouillette et fraîche,
se consumait et se fondait comme neige
au soleil; il lui semblait qu'il s'écoulait
mille ans, parce qu'il ne pouvait en jouir,
et il se disait souvent à part lui : « Ah,
» traîtresse! chienne d'hérétique! tu ne
» m'as pas encore regardé en face une
» seule fois depuis que je suis devenu
» amoureux de toi; mais le temps viendra

» où je te ferai pleurer à chaudes larmes !
» Laisse-moi faire, si je te mets la main
» dessus, par le corps de l'Antechrist ! tu
» m'en donneras des nouvelles. » Il voyait
souvent le Scheggia et le Pilucca, et ne
cessait de se recommander à eux et de
leur rappeler ce qui l'intéressait.

Le Dimanche vint enfin, et Gian Simone
n'eut pas plus tôt dîné, qu'il s'en alla à
Santa Maria Novella, où il entendit
Vêpres, Complies et Laudes. En sortant,
il rencontra à la porte de l'église les deux
compagnons, au moment où l'*Ave Maria*
allait sonner; il leur souhaita le bonsoir
et leur dit : « Je commençais à avoir des
» craintes, vous êtes venus si tard ! — Il
» n'est pas tard, non, » répondit le
Pilucca, « nous sommes convenus de
» venir à la demie. » Après avoir fait un
petit tour, ils se rendirent à la maison de
Zoroastro, au moment où la nuit commençait à tomber; ils frappèrent deux
fois, on leur tira le cordon, et Zoroastro,
se plaçant en haut de l'escalier, un chan-

delier à la main, leur fit de la lumière ;
ils montèrent l'escalier, entrèrent dans la
salle et furent gracieusement reçus ; s'é-
tant assis, ils se mirent à causer de toutes
sortes de choses, mais toujours sur les
diables et les esprits. Enfin le Pilucca,
s'adressant à Zoroastro, lui dit : —
« Voici ce brave garçon, cet amoureux
» dont je vous ai parlé ; il est venu pour
» voir une preuve de votre habileté, et
» pour faire après cela ce que nous vou-
» drons. » Zoroastro tourna alors vers
Gian Simone des yeux effrayants ; il lui
lança un regard si terrible, qu'il le fit
trembler, et dit : — « Qu'il soit le bien-
» venu ! je suis prêt à faire ce qu'il veut,
» pour l'amour de vous, et je ne sais pas
» si d'autres que vous auraient obtenu
» cela de moi ; mais vous êtes mes si
» grands amis, que je ne puis ni ne dois
» vous rien refuser de ce qui est pos-
» sible. »

Les ayant laissés dans la salle en disant
qu'il allait revenir tout de suite, il alla

dans une chambre et se vêtit d'une chemise blanche et si longue qu'elle tombait
jusqu'à terre ; il se fit une ceinture d'un
cordon rouge ; sur sa tête il mit un casque entouré d'une guirlande de serpents
artificiels, mais si bien imités qu'ils parais-
saient vivants ; il prit dans sa main gauche
un vase de marbre et dans la droite une
éponge liée au tibia d'un mort : avec cet
accoutrement, il vint dans la salle, nos
compagnons ne se tenant pas de joie à
son aspect ; mais Gian Simone eut une
si belle peur, un tel chagrin, qu'il était
plutôt fâché d'être venu.

Zoroastro, ayant posé à terre l'éponge
et le vase, dit qu'il ne fallait pas douter
de ce qu'on verrait et de ce qu'on entendrait, ni se souvenir de Dieu et des
Saints ; puis il tira de son sein un petit
livre et fit semblant, en marmottant
doucement, doucement, de lire les
choses les plus graves et les plus pro-
fondes ; il se mit à genoux, et tantôt baisant la terre, tantôt regardant le ciel, il

fit pendant un quart d'heure les plus
étranges simagrées du monde. Quand ce
fut fini, il ouvrit le vase, qui était plein
d'une infusion de bois du Brésil, y trempa
son éponge, et dit à voix assez haute : —
« Traçons avec ce sang de dragon le
» cercle de Pluton. » Il traça un grand
cercle qui prenait les deux tiers de la salle,
s'agenouilla au milieu, baisa trois fois la
terre et demanda à ceux qui étaient là
quelle preuve ils voulaient. Alors le Pilucca se tournant vers Gian Simone, qui
tremblait comme la feuille, lui demanda
quelle preuve il préférait. Gian Simone
se tourna vers le Scheggia et lui dit de
décider, de concert avec le Pilucca. Ils
en proposèrent plusieurs, mais aucune ne
convint au bonhomme : les unes étaient,
selon lui, insignifiantes, d'autres trop
sérieuses, d'autres trop dangereuses,
d'autres contraires à la foi; il ne savait à
quoi se décider. Enfin Zoroastro lui dit
en souriant : — « J'ai songé à vous mon-
» trer quelque chose de bien amusant et

» qui prête à rire, quoique ce soit fort
» sérieux : je vois le Monaco, qui est
» notre ami à tous ; il est au Vieux Mar-
» ché en ce moment même, en pantou-
» fles, en petit manteau et un capuchon ;
» je veux, par la puissance, par la vertu
» de mon art, le faire venir à l'instant
» même ici, au milieu de ce cercle. » Le
Scheggia et le Pilucca approuvèrent cette
idée, qui plut aussi à Gian Simone ; il
ajouta qu'il aimait beaucoup le Monaco,
parce qu'il était son compère.

Ce Monaco était courtier en soie, mais
il faisait tout les métiers : il fabriquait
des mariages, louait des maisons, rendait
service aux amants ; il aurait encore, au
besoin, prêté la main à quelques escro-
queries ; c'était un gaillard qui menait
joyeuse vie, dansant, chantant, fort habile
joueur de harpe ; un homme bon à tout
faire, je vous assure, et, comme je vous
l'ai dit, très grand ami de Zoroastro, du
Scheggia et du Pilucca. Il avait su par
eux le cas de Gian Simone, et, d'accord

avec eux, il était venu le soir à la maison
de Zoroastro, vêtu comme vous me l'avez
entendu dire, portant de plus deux pieds
de laitue et une botte de radis ; et, pendant que les trois compagnons frappaient
à la porte et entraient, il s'était mis debout
sur l'appui extérieur de la fenêtre ; il s'y
trouvait fort mal, de façon toutefois à ne
pouvoir tomber, et Zoroastro avait arrangé
la fenêtre, mis l'espagnolette, de sorte
qu'elle paraissait fermée, mais ne l'était
pas, et qu'elle pouvait s'ouvrir au moindre choc.

Le Monaco, ainsi placé, voyait et
entendait par un petit trou tout ce qui se
faisait et tout ce qui se disait dans la salle ;
il attendait le terme fixé avec une allégresse infinie.

Zoroastro reprit la parole et dit : —
« Il est temps que je vous montre ma
» puissance. » Et il ajouta : « Notre Mo-
» naco s'est arrêté à un marchand de
» salades ; tiens, il veut lui en acheter. »
Puis, après un instant, il dit : « Il a pris

» deux têtes de laitue et une botte de
» radis, oh! oh! voilà qu'on les lui
» enfile; maintenant on lui change un
» gros pour lui donner la monnaie, parce
» que la salade et les radis ne coûtent
» que six deniers. » Après avoir ainsi
parlé, il se jeta à terre à plat ventre et
prononça je ne sais quelles paroles; puis
il se remit debout, fit deux culbutes, vint
à genoux au bord du cercle et, regardant
fixement dans le vase comme il l'avait
déjà fait, il dit : « Notre Monaco a reçu
» sa monnaie, et il s'en va avec sa salade
» du côté du Marché aux peaux pour
» rentrer chez lui; mais je l'ai rendu
» invisible et je l'ai fait enlever au-
» dessus de la terre par des diables; le
» voici qui est déjà au-dessus de l'é-
» vêché, oh! ça va bien! il est au-dessus
» de la place Notre-Dame, je le vois
» maintenant au-dessus de la vieille place
» Santa Maria Novella; le voici qui entre
» dans Gualfonda; oh! il est au milieu
» de la rue; oh! le voici tout près, à

» moins de cinquante brasses; il est
» contre la fenêtre, il va être dans le
» cercle! » A peine ces derniers mots
prononcés, le Monaco, qui était tout
prêt, poussa la fenêtre et sauta au milieu
du cercle, comme s'il y avait volé; il
était en pantoufles, en petit manteau et
en capuchon; il avait la salade et les radis
dans la main. Il poussa aussitôt un grand
cri et se mit à hurler à gorge déployée.

Voyant cela, Gian Simone fut pris d'un
tel étonnement et d'une telle peur, qu'il
fut sur le point de tomber mort; il voulut
parler, mais il ne put retrouver la parole;
son grand effroi, sa frayeur extraordinaire, furent tels, qu'il en eut le corps
dérangé et qu'il remplit complètement
ses chausses.

Le Scheggia lui disait cependant :
« Qu'en dites-vous, Gian Simone ?
» n'est-ce pas là une preuve certaine qu'il
» fait avec les diables tout ce qu'il veut ? »
Le Monaco criait à haute voix : — « Ah,
» traîtres! qu'est-ce que c'est que cela ?

» faire des tours pareils à d'honnêtes gens? »
Et le Pilucca s'occupait de le rassurer;
mais le Scheggia et Zoroastro, qui étaient
auprès de Gian Simone, qui le voyaient
muet, avec un visage couleur de cendre,
eurent sur son compte de grandes inquié-
tudes; ils le prirent sous les bras, car il
était toujours assis, et se mirent à le promener dans la salle. Mais notre homme,
ayant un peu recouvré la parole et repris
connaissance, se mit à dire en tremblant :
— « Allons-nous-en, allons-nous-en, il
» me semble qu'il s'écoulera mille ans
» avant que je ne sois chez moi, » et il
claquait des dents si fort, tant il tremblait,
qu'il s'en ressentit pendant plusieurs
semaines. Alors le Scheggia le prit par la
main et, sans dire plus, se dirigea vers
l'escalier; mais il n'eut pas fait deux pas
qu'il s'aperçut que Gian Simone dégout-
tait toujours et qu'il devait avoir ses
chausses pleines; alors, il se détourna de
son côté et lui dit : — « Gian Simone,
» je dirai que vous avez fait sous vous. —

» Eh ! » répondit le Pilucca, « Cimabue,
» qui naquit aveugle, le verrait ; ne sens-tu
» pas comme il pue ? » Gian Simone
répliqua : — « Je m'étonne de n'avoir pas
» chié mon âme, je ne parle pas de mon
» cœur ; j'ai été sur le point de mourir.
» — Allons, » reprit Zoroastro, « il faut
» aller vous changer pour ne pas empoi-
» sonner cette maison à force de couler ;
» nous nous reverrons après cela tout à
» notre aise. »

Le Scheggia partit avec Gian Simone,
laissant le Monaco, qui se plaignait toujours, et le Pilucca qui tournait autour de
lui en faisant mine de le calmer ; il le conduisit jusque chez lui sans avoir pu l'a-
mener à répondre à ses propositions, le
pauvre diable ne faisant que gémir et
soupirer ; enfin le Scheggia, ayant frappé
à sa porte et l'ayant fait entrer, retourna
auprès de ses amis dans la maison de Zoroastro, où ils rirent tous pendant la soirée
entière ; après avoir soupé en riant toujours, ils s'en furent chacun chez soi.

Dès que Gian Simone fut chez lui, il
se mit à appeler d'en bas sa femme et sa
servante, et il leur dit de mettre bien vite
de l'eau au feu, qu'il avait grand besoin
de se laver. La dame, sentant qu'il puait
et voyant sa pâleur, lui demanda triste-
ment : — « Mon mari, quelle chose
» étrange vous est arrivée ? Oh! vous
» avez l'air d'un déterré! qu'est-ce que
» cela veut dire ? » Gian Simone lui
répondit : — « Ce sont des maux de
» ventre qui me sont venus tout à coup
» avec un tel débordement que j'ai été
» sur le point d'en mourir; je m'en reve-
» nais bien vite à la maison, mais, pen-
» dant le chemin la douleur a augmenté
» et, ne pouvant faire autrement, j'ai
» bien dû laisser aller dans mes chausses. »
La dame, qui était une femme de tête, les
lui retira, aidée de la servante, et, après
l'avoir bien lavé, on le mit au lit, comme
il le désirait, sans autrement souper; il y gémit toute la nuit, sans fermer
les yeux. Au lever du jour, il sentit

qu'il avait froid et une grosse fièvre le prit.

Le Scheggia, s'étant levé le matin de
bonne heure, alla trouver le Pilucca et
tous deux se rendirent vers les trois heures
à la boutique de Gian Simone, où ils
apprirent qu'il n'était pas bien ; cela leur
fit de la peine ; le Scheggia, qui était plus
lié avec lui, alla le voir et le trouva au lit
qui paraissait mort ; il lui dit qu'il fallait
se soigner, pour que ce qui s'était passé
ne vînt pas à s'ébruiter dans Florence, et
il l'engagea à faire venir un médecin. —
« Et qui cela ? » dit Gian Simone. —
« Le docteur Samuello, le Juif, » répondit
le Scheggia ; « c'est en ce moment le
» meilleur médecin de toute l'Italie. »
Et pour que la chose ne traînât pas en
longueur, le Scheggia alla trouver le médecin, qui était fort de ses amis, et lui
raconta d'un bout à l'autre toute l'histoire
de la maladie de Gian Simone. Le médecin écouta, non sans rire de tout son
cœur, et il alla bien vite avec le Scheggia
voir le malade, auquel il fit tirer tout de

suite huit ou dix onces du sang le plus
troublé, le plus agité qu'on eût jamais vu ;
puis il lui dit : — « Gian Simone, tu es
» guéri, n'en doute pas. » Pour en finir
eu peu de mots, le docteur, en faisant
suivre au malade un régime sain et forti-
fiant, le tira du lit en huit ou dix jours,
guéri à la fois de sa fièvre et de son
amour.

Le Scheggia vint le voir un jour, quand
il n'était pas encore sorti de chez lui ; il
lui paraissait dur de perdre les vingt-cinq
ducats. Tout en causant, il lui parla de
son amour en ces termes : « O Gian
» Simone, maintenant que, par la grâce
» de Dieu, vous voilà guéri, et que vous
» avez vu la preuve demandée assez com-
» plètement pour que vous sachiez Zoro-
» astro capable de vous servir, il ne
» manque plus que l'argent, et on exau-
» cera vos désirs ; vous pourrez, quand il
» vous plaira, tenir toute nue dans vos
» bras votre jolie veuve : c'est bien, par
» les saints Évangiles ! un morceau pour

» lequel on peut payer sans compter et
» les yeux fermés. » Gian Simone lui
répondit en secouant la tête : — « Cama-
» rade, je te remercie et le magicien
» aussi ; et, pour tout dire en un mot, je
» ne veux plus m'empêtrer avec des dia-
» bles ni avec des esprits. Oh mais ! je
» tremble encore quand je me rappelle le
» Monaco, qu'nous apparut à demi mort,
» porté à travers l'espace, sans qu'on vît
» par qui ; je te jure, sur ma foi ! que
» tout mon amour m'est sorti du corps
» en un instant, et que je ne me soucie
» plus de la veuve du tout ; même, en y
» songeant, elle me dégoûte, car elle a
» failli être cause de ma mort. Oh ! quelle
» belle peur j'ai eue tout à coup ! les che-
» veux m'en dressent encore sur la tête,
» quand j'y pense. Remercie donc Zo-
» roastro et dis-lui que je n'ai plus besoin
» de lui. »

A ces mots, le Scheggia fut un peu
déconcerté ; il crut qu'il avait travaillé
pour rien, et il se dit en lui-même : « Je

» vois que ça n'ira pas tout seul, comme
» nous le pensions. » Croyant qu'il allait
être le dindon de la farce, il répondit en
ces termes : — « Oh ! mais ! Gian
» Simone, que me dites-vous là ? Prenez
» garde que le magicien ne se fâche ;
» quelle diablesse de pensée est la vôtre ?
» Vous courez au-devant de votre mal-
» heur ; je crains fort que, lorsque Zo-
» roastro saura cela de vous, il ne se
» fâche et ne se considère comme joué,
» et qu'après cela il ne vous fasse quel-
» que mauvais tour. Voilà une belle
» chose et digne d'un homme de bien,
» de manquer de parole ! Pourquoi vous
» faire donner une preuve, si vous
» n'aviez pas l'intention d'aller jusqu'au
» bout ? Il ne faut pas vous lancer ainsi
» sans savoir ce que vous faites ; s'il
» vous métamorphose en quelque ani-
» mal, vous aurez fait là une belle af-
» faire ! »

Gian Simone était déjà devenu pâle
comme un linge de frayeur ; il répondit

au Scheggia : — « Par le sang de tous
» les martyrs ! je veux mourir si demain
» matin la première chose que je fais
» n'est pas d'aller trouver les Huit et de
» leur conter l'aventure, après cela je
» serai bien tranquille ; je ne sais qui me
» tient d'y aller tout de suite. »

Dès que le Scheggia entendit parler des
Huit, il changea six fois de couleur, et il
se dit en lui-même : « Ce n'est pas le
» moment de rester les bras croisés ;
» tâchons que le diable n'aille pas à la
» procession ! » Et, se tournant vers
Gian Simone, il se mit à lui parler doucement, et lui dit : « Vous tenez là des
» propos en l'air, Gian Simone, et, pour
» mille florins d'or, je ne voudrais pas,
» dans votre intérêt, que Zoroastro sût
» ce que vous avez dit. Ne savez-vous
» pas que le Tribunal des Huit a pouvoir
» sur les hommes et non sur les dé-
» mons ? Zoroastro a mille moyens de
» vous faire arriver du mal, si l'envie lui
» en prend, et personne n'en saurait

» jamais rien; comme il est aimable,
» courtois et généreux, je pense que
» vous devez lui faire un petit présent
» qui ne coûte pas trop cher : quatre
» paires de chapons, huit de gros pi-
» geons, dix bouteilles de quelque bon
» vin que vendent les Giugni ou les Ma-
» cinghi, six fromages de chèvre, soixante
» belles poires, et le lui envoyer par deux
» commissionnaires. Il sera très sensible
» à ce bon procédé, il l'aimera mieux
» que cent ducats; vous verrez qu'il
» vous fera remercier, et ainsi, vous ar-
» riverez à le conserver pour ami; si
» vous faites autrement, vous péchez
» pour le proconsul (1), et vous vous
» donnez un coup de hache sur le
» pied. »

Le conseil plut beaucoup à Gian Si-
mode, qui répliqua : — « Je veux que
» ce soit toi-même qui lui porte ce pré-
» sent de ma part; toi qui sais tout, tu

---

(1) C'est-à-dire, vous ne faites rien qui vaille.

» lui offriras mes excuses, mes vifs re-
» merciements, et tu me recommanderas
» à lui. — Je le veux bien » répondit le
Scheggia, « et je suis bien sûr de faire
» en sorte qu'il se déclarera satisfait et
» qu'il restera votre ami. — Satisfait, je
» désire beaucoup qu'il le soit, » ajouta
Gian Simone, « mais je ne me soucie
» point du tout de son amitié. » Il fit le
compte de l'argent que devaient coûter les
objets énumérés par le Scheggia et le lui
donna.

Le Scheggia, s'en étant allé au Marché
Vieux, prit deux commissionnaires, en
même temps bons cuisiniers ; il en envoya un acheter le vin, fit porter par
l'autre les beaux et gros chapons et aussi
les pigeons ; et aussitôt que le commis-
sionnaire fut revenu avec le vin, il acheta
les fruits et se mit en route de façon à
passer devant la maison de Gian Simone ;
il l'appela, lui fit donner un coup d'œil
par la fenêtre et lui dit : « Je m'en vais
là-bas. — « Va, » répondit Gian Si-

mone, « et fais de bonne besogne. »

Le Scheggia partit donc et s'en alla avec les commissionnaires droit à la maison de Zoroastro, à qui il conta en riant tous les propos de Gian Simone. Zoroastro s'en amusa beaucoup. Il avait fait décharger les commissionnaires et poser à terre leur butin ; il s'occupa de faire plumer les volailles et tout préparer pour le soir, et ne voulut pas quitter sa maison pour rester auprès des cuisiniers, afin que le repas fût bon. Le Scheggia, lui, s'en alla retrouver le Monaco et le Pilucca ; il finit par les rencontrer et leur raconta l'aventure, dont ils en furent très contents ; cependant il leur paraissait bien triste d'échanger vingt-cinq ducats contre un pauvre petit souper : le Pilucca surtout n'en aurait jamais pris son parti, s'il n'avait pas entendu parler des Huit. A la fin, ils convinrent de se réunir le soir dans la maison de Zoroastro pour souper gratis ensemble. Le Scheggia les laissa et alla voir Gian Simone, auquel il

I 27

fit mille remerciements de la part de
Zoroastro, mille et mille offres de services ;
puis il s'en revint à la maison de Zoroastro pour rester à préparer les rôtis et les
faire cuire à son goût ; car il aimait la
bonne chère plus que Saint François son
cordon. A l'heure dite, arrivèrent le Pilucca et le Monaco ; on fit la fête ensemble et l'on rit beaucoup des aventures
de Gian Simone ; puis on se mit à table.
Un serviteur de Zoroastro et les deux
commissionnaires servaient ; les vic-
tuailles que vous savez étaient bien
apprêtées, bien assaisonnées ; ils s'en
donnèrent tout leur saoûl et eurent un
menu de prélat, arrosé de vin pétillant.

Quand ils en furent venus au moment
où l'on a plus de plaisir à parler qu'à
manger, le Pilucca, en homme qui avait
toujours les vingt-cinq ducats sur le cœur
et qui ne pouvait y renoncer, se mit à
dire tout à coup : « Par Dieu ! que ces
» chapons, que ces pigeons, sont déli-
» cats ! qu'ils ont bon goût ! je ne crois

» pas non plus avoir jamais mangé de
» meilleurs fromages, ni bu de plus dé-
» licieux vin. » Zoroastro lui répondit :
— « J'ai fait conserver pour demain soir
» la moitié de tout, de façon que nous
» pourrons souper aussi bien que ce
» soir, et si vous aviez eu la patience
» d'attendre, je n'aurais manqué de vous
» inviter. — « J'en étais bien sûr, » reprit le Pilucca, « et ce n'est pas pour
» cela que je le disais, mais parce que
» j'ai toujours deux fois plus de plaisir
» à manger gratis ; c'est pour cela que je
» voudrais bien imaginer quelque in-
» trigue, quelque bonne attrape qui nous
» permît de jeter le grapin sur Gian
» Simone et de lui tirer des mains ces
» vingt-cinq ducats : voyez un peu, vrai-
» ment, combien cela nous ferait de
» soupers comme celui-ci ; j'en serais
» fier comme de six siècles de no-
» blesse.—Très bien,» dit le Monaco.—
« Mais que pourrions-nous bien faire ? »
ajouta le Scheggia. En un instant, Zo-

roastro et les autres imaginèrent mille
moyens de le tromper ; on finit par s'en
tenir à ce qu'inventa le Pilucca et qui
leur parut avoir des chances de succès,
tout en étant moins dangereux, comme
de fait il leur réussit, ainsi que vous le
saurez bientôt. Quand on fut convenu de
ce qu'il y avait à faire, tout le monde
prit congé de Zoroastro, et on alla
dormir.

Le matin de bonne heure, le Pilucca,
pour commencer à mettre à exécution
le parti auquel il s'était arrêté, écrivit et
contrefit une assignation ; il prit un des
ouvriers de l'atelier de Santa Maria del
Fiore, où il était maître sculpteur : c'était
un tailleur de pierres, depuis peu de
retour de Rome, qui avait une petite
barbe couleur de fumée et tout à fait
l'air d'un sbire ; il lui mit au côté une
grande diablesse d'épée et l'envoya à la
maison de Gian Simone après l'avoir
bien préparé, lui avoir bien appris ce
qu'il avait à dire et à faire. L'homme

frappa à la porte, entra et, conduit par la servante, s'en vint à la chambre de Gian Simone à qui il remit l'assignation et qui lui demanda de qui cela venait. — « Lis et tu le verras, » répondit notre homme. Cela dit, sans rien ajouter, mais après avoir fait jouer un peu son couteau dans le fourreau, pour que Gian Simone le vît, il s'en alla.

En entendant cette réponse brutale, en voyant les armes de celui qui la faisait, Gian Simone devina tout de suite que ce devait être un sergent ; tout chagrin, il résolut de se lever sans plus tarder, car il était au lit ; il ouvrit la fenêtre et lut l'assignation qui était ainsi conçue : « *De la* » *part et par l'ordre du révérendissime vi-* » *caire de l'Archevêque de Florence, on te* » *commande à toi, Gian Simone, bonne-* » *tier, d'avoir à te présenter dans un* » *délai de trois heures après que tu au-* » *ras vu la présente, à la chancellerie* » *dudit Évêché, sous peine d'excommu-* » *nication et d'une amende de cent flo-*

I

» *rins d'or.* » Le Pilucca avait signé du
nom du chancelier, car il savait ce nom,
et il avait accompagné la signature d'un
sceau tout brouillé, en sorte qu'on ne
pouvait voir ce qui y était imprimé,
comme il arrive quand on le fait précipitamment.

Gian Simone éprouva autant d'étonnement que de chagrin, il se demandait ce
que cela pouvait être ; en attendant, il se
fit apporter ses effets par sa femme et
s'habilla, bien résolu à se tirer d'affaire
le matin même à tout prix, et il se dit à
lui-même : « Est-ce que je vais sortir de
» chez moi pour cela ? Que diable ai-je
» à faire avec le vicaire ? Je sais très bien
» que je n'ai rien à démêler ici avec les
» prêtres, ni avec les moines, ni avec
» les religieuses ; je n'y comprends
» rien. »

Pendant ce temps, le Scheggia, qui se
tenait à la porte, craignant qu'il ne sortît,
frappa, et on lui ouvrit ; mais il ne fut
pas plus tôt dans la chambre qu'il se mit

à dire en larmoyant : « Nous voilà bien
» perdus, certainement ! il n'y a plus
» rien à faire ! Oh ! malheureux, oh !
» infortunés que nous sommes ! qui l'au-
» rait jamais cru ? enfin, si je me tire de
» celle-là, je n'aurai jamais plus affaire
» avec les enchanteurs, ni avec les sor-
» ciers : que maudits soient les magi-
» ciens et la magie ! » Gian Simone
l'avait plusieurs fois prié de lui dire pourquoi il se plaignait ainsi ; mais le Scheggia, poursuivant toujours son idée, ne
lui avait jamais répondu. Alors Gian
Simone, entendant parler de magiciens,
cria : — « Scheggia, de grâce, dis-moi
» le malheur qui t'arrive, dis-moi pour-
» quoi tu gémis. — C'est, » répondit
aussitôt le Scheggia, « à propos d'un
» fait désastreux au possible, pour vous
» comme pour moi. — Qu'y a-t-il donc
» de nouveau ? Hélas ! » dit Gian Simone. Et il voulait lui montrer l'assignation, quand le Scheggia s'écria : —
« Voyez-vous ceci ? c'est une citation du

» Vicaire. — Hélas, » répliqua Gian
Simone, « en voici une autre. — C'est
» cela, » continua le Scheggia, « qui
» sera votre perte et la mienne. — Et
» pourquoi ? » reprit Gian Simone,
« racontez-moi bien vite ce qui en est. »

Alors le Scheggia, triste comme un
bonnet de nuit, se prit à dire : — « Votre
» compère le Monaco, qui a été, comme
» vous le savez, transporté par les dia-
» bles à travers les airs, n'a pas été du
» tout abasourdi de l'aventure ; il a
» appris du Pilucca ce qui en était, et
» comme nous sommes, vous et moi, la
» cause principale de ce qui a eu lieu,
» que tout a été fait pour vous donner
» la preuve que vous demandiez, le Mo-
» naco, irrité, furieux, a été hier soir
» trouver le Vicaire. Il lui a conté le fait,
» et le Pilucca a affirmé que c'est vrai,
» il lui a servi de témoin. Alors, le Vi-
» caire, trouvant que c'était grave, vou-
» lut faire faire tout de suite les assigna-
» tions ; mais il était tard, son chancelier

» n'était pas là, il a attendu jusqu'à ce
» ce matin ; voilà ce que je viens d'ap-
» prendre à l'instant même d'un prêtre,
» mon grand ami, qui est employé près
» du Vicaire ; voyez donc un peu où
» nous en sommes. -- Et voilà, » répondit Gian Simone, « cette grosse
» affaire qui te chagrine tant et te fait si
». peur ? Qu'avons-nous donc fait ? --
» Ce que nous avons fait, » reprit le
Scheggia, « le voici : d'abord, nous
» avons violé la foi en croyant aux sor-
» tilèges et en cherchant, avec l'aide des
» diables, à apporter le déshonneur à une
» noble et honnête dame ; après cela,
» nous avons fait courir danger de mort
» au Monaco, qui a parcouru dans l'air
» une si grande distance, sans parler des
» chances qu'il avait pour que la peur le
» tuât ou que le diable l'emportât ; toutes
» choses qui font courir risque de la vie.
» Soyez certain que si nous nous pré-
» sentons au Vicaire, nous serons mis
» en prison tout de suite, et si nous

» avouons le fait, nous sommes en passe
» d'être brûlés ; mais comment nier
» quand les preuves sont évidentes ? Le
» moins qui puisse nous arriver sera de
» rester dans les fers, d'attraper une
» bonne condamnation, d'être promenés
» sur un âne, sans compter qu'on nous
» confisquera peut-être tout ce que nous
» possédons, qu'on nous plongera pour
» toujours au fond d'une tour, s'il ne
» nous arrive pas pis encore ; hélas !
» cela vous paraît peu de chose ? » En
prononçant ces dernières paroles, le
Scheggia sut tirer tant de larmes de ses
yeux que c'était merveille, et il continua
en pleurant : « Oh ! oh ! malheureux
» Scheggia ! va-t'en maintenant t'acheter
» une maison ; si tu avais de l'argent
» comptant, tu pourrais te sauver, comme
» fera le magicien dès qu'il apprendra
» tout cela, car je suis bien sûr qu'il ne
» s'exposera pas à ce danger. »

Gian Simone, entendant les paroles,
voyant les actes, les gestes, les larmes du

Scheggia, crut fermement qu'il disait la
vérité ; il eut plus peur que jamais, il se
voyait déjà aux mains des sbires ; il se
mit donc à gémir en blasphémant et en
maudissant son amour, la veuve, les magiciens, la magie, et se tournant vers le
Scheggia il lui dit : — « Et comment fe-
» ront le Pilucca et Zoroastro ? — Le
» Pilucca, » répondit le Scheggia, « est
» d'accord avec le Monaco et s'en tirera
» en qualité de dénonciateur ; Zoroastro
» déguerpira et s'en ira ailleurs ; et puis,
» il a, lui, mille moyens de se sauver,
» et nous aussi avec lui. — Que ne vas-
» tu le prier de nous venir en aide, »
dit Gian Simone, « et de nous tirer de ce
» mauvais pas ? Hélas ! il me semble que
» je vais encore plus mal qu'auparavant !
» — Sans doute, » reprit le Scheggia,
« je sais ce qu'on peut dire de vous :
» vous êtes tombé de fièvre en chaud
» mal. Mais comment oserai-je lui de-
» mander cela, après lui avoir fait faux
» bond pour les vingt-cinq florins qu'il

» croyait fermement avoir gagnés, puis-
» qu'il vous avait donné la preuve que
» vous demandiez ? Quoique vous lui
» ayez fait un cadeau, soyez sûr qu'il se
» souvient et que cet argent-là lui reste
» sur le cœur. » Gian Simone dit alors :
— « Oh Dieu ! s'il nous tire par n'im-
» porte quel moyen de l'embarras où
» nous sommes, nous le lui donnerons
» dès à présent : que diable va-t-il arri-
» ver ? je suis capable de m'abandonner
» au désespoir. — Fais, ô mon Dieu,
» qu'il se contente de ces vingt-cinq flo-
» rins, » répondit le Scheggia en levant
les mains au ciel, « je veux aller le trou-
» ver sur l'heure, mais à la condition
» que vous ne vous dédirez plus ; car
» nous serions perdus. — Oh ! ne le
» crains pas, être à la discrétion des prê-
» tres ! hélas ! ils me déclareraient héré-
» tique tout de suite et ils me con-
» damneraient au feu ; j'aurais beau leur
» donner tout ce que j'ai, tout ce que je
« possède, ils croiraient me faire plaisir

» en l'acceptant; va, va donc, et que
» Dieu t'accompagne! »

Le Scheggia partit lestement, plus
joyeux qu'il ne l'avait jamais été; il ne
s'écarta guère de la maison de Gian Simone et il ne tarda pas à revenir, faisant
semblant d'avoir parlé au magicien; il
dit à Gian Simone que Zoroastro consentait à faire tout ce qu'il faudrait, mais
qu'il voulait l'argent d'abord et qu'il
avait mille moyens de les tirer de peine.
Gian Simone n'aimait pas du tout à dépenser; cependant, il ne voulait pas
avoir à courir l'aventure de comparaître
devant le Vicaire, et, sans parler du tort
qui, croyait-il, pouvait en résulter pour
lui, il lui eût été trop désagréable de voir
cette histoire se répandre dans la ville;
il se tourna donc vers le Scheggia et lui
dit : — « L'argent est à ta disposition
» dans cette caisse que tu vois, et tu le
» lui porteras quand tu voudras; mais
» avant qu'il ne l'ait dans les mains, je
» veux savoir comment, par quel moyen

» il entend nous tirer d'affaire, car je ne
» voudrais pas me mettre encore plus
» dans le pétrin. — C'est fort bien parlé
» et très sagement, » répondit le Scheggia, « je vais aller le trouver en cou-
» rant, je me ferai dire par lui de quelle
» façon il s'y prendra pour nous sauver
» et je reviendrai bien vite avec sa ré-
» ponse ; pendant ce temps-là, comptez
» les florins, que je n'aie pas à attendre.
» — Je vais les compter, » dit Gian
Simone ; « justement ma femme est
» allée à la messe ; et toi, arrange-toi
» pour revenir promptement ; chaque
» moment qui s'écoule me paraît long
» comme mille ans, tant que je ne me
» sens pas hors d'embarras. »

Le Scheggia partit donc en toute hâte,
exultant de joie ; il s'en alla, rapide comme
l'oiseau, à la maison de Zoroastro, qu'il
trouva en compagnie du Pilucca ; tous
deux l'attendaient, très impatients de
savoir comment la chose s'était passée
et craignant que le lièvre ne se fût pas

laissé prendre au gîte. Quand ils surent
tout, ils furent si contents qu'ils ne tenaient
plus dans leur peau. Enfin, le Scheggia,
ayant bu un bon coup de vin de ce soir-
là et mangé un morceau, s'en revint
presque en courant à la maison de Gian
Simone, qu'il trouva l'attendant dans sa
chambre, après avoir fini de compter
l'argent ; et il lui dit quand il l'eut salué :
— « Le procédé que veut employer pour
» nous mettre hors de cause Zoroastro,
» qui aurait pu en employer une foule
» d'autres, est celui-ci : en causant avec
» son démon familier, qu'il a mis dans
» une bouteille, il a su que le Pilucca,
» le Monaco, le Vicaire et le Chancelier
» sont seuls au courant du fait ; et, bien
» que le Chancelier ait fait la citation, il
» ne l'a pas encore enregistrée, parce
» qu'on n'a pas l'habitude de les enre-
» gistrer avant la comparution ou avant
» que l'époque fixée pour comparaître
» soit passée. Zoroastro a donc fait quatre
» figures de cire verte, une pour chacun

» d'eux, ensuite il a envoyé un démon
» condamné à l'enfer au fleuve du Léthé
» pour lui rapporter une bouteille de
» cette eau enchantée ; avec cette eau il
» a baigné trois fois les figures, puis il
» les a détruites et brûlées ; de cette fa-
» çon, ceux que les figures représentaient
» oublieront aussitôt tout ce qui nous
» concerne et ne s'en souviendront plus
» de leur vie, quand même ils vivraient
» mille ans ; et, si nous leur en disions
» un mot, le Pilucca et le Monaco nous
» prendraient pour des fous. Le Vicaire
» et le Chancelier, n'ayant auprès d'eux
» personne qui leur rappelle le fait ni qui
» demande l'appel de la cause, n'iront
» pas plus loin, d'autant plus qu'eux-
» mêmes auront tout oublié et n'ont
» rien écrit au livre à ce destiné ; tout
» ce qui s'est passé sera donc comme si
» ce n'avait jamais été : c'est ce qu'on
» appelle le sortilège de l'oubli. »

Tout cela était bien surprenant, au
gré de Gian Simone, mais il trouvait bien

plus étonnant encore, car il le croyait fermement, que le Monaco fût venu, en volant à travers l'espace, à la maison de Zoroastro; si bien qu'il ajouta foi aux mensonges du Scheggia et qu'il lui dit : « L'argent est là, dans ce coffre, » enfermé dans un sac; emporte-le à ton » gré; mais comment faire? il n'y a plus » que vingt-deux florins, j'en ai dépensé » trois pour me soigner et pour faire le » présent. — Au nom de Dieu! » répondit le Scheggia, qui craignait qu'un retard ne lui fît du tort, « ça me paraît aller si » bien, que je les emprunterai à un de » mes amis qui est banquier et que je les » mettrai du mien. Que diable cela peut-il » faire? il ne faut pas s'arrêter à cette » misère. — Tu feras bien, » reprit Gian Simone; « dès que tu auras donné » l'argent et que l'enchantement sera » terminé, reviens m'en instruire. »

Le Scheggia prit le sac où était la somme dite, toute en or ou en argent; il quitta, fort joyeux, Gian Simone, et alla

28.

en courant retrouver ses deux camarades
qui l'attendaient; ceux-ci, à la vue des
ducats, et après avoir appris ce que le
Scheggia avait dit à propos des trois qui
manquaient, résolurent de se donner du
bon temps et de faire bonne chère, tant
que l'argent durerait; on voulut que le
Pilucca allât chercher le Monaco et l'a-
menât dîner avec les amis pour que tout
le monde se retrouvât ensemble; ensuite
le Scheggia revint voir Gian Simone et
lui dit : « Tout est arrangé. » Il continua :
« J'ai emprunté les trois florins qui man-
» quaient et j'ai été, tout courant, trouver
» le magicien; justement il y avait chez
» lui le diable qui avait apporté l'eau du
» Léthé; aussi, dès qu'il eut vu l'argent,
» il y enfonça les figures et il les mit
» ensuite toutes les quatre sur un feu de
» charbon de bois de cyprès qu'il avait
» allumé; en un instant elles furent
» détruites et consumées. Alors Zo-
» roastro se fit apporter un grand baquet
» d'eau enchantée, sur laquelle il pro-

» nonça je ne sais quelles paroles, et
» tout disparut; puis il me dit : Va-t'en
» où tu veux aller, il n'y a plus rien à
» craindre. Je suis parti bien vite, après
» l'avoir remercié, et en venant chez vous
» j'ai précisément rencontré du côté des
» Pazzi le Monaco, qui m'a fait le meil-
» leur visage du monde, qui m'a dit
» *addio* quand avant cela il ne me parlait
» jamais et me faisait toujours une figure
» de belle-mère. »

Si Gian Simone fut content, il ne faut
pas le demander; il dit au Scheggia : —
« Crois-tu que si Zoroastro avait fait une
» figure pour moi, j'aurais aussi tout
» oublié ? — Mais certainement, »
répondit le Scheggia, « en doutez-vous ?
» — Je veux donc », continua Gian
Simone, « que tu retournes auprès de
» lui et que tu la lui fasses faire; que
» ça coûte ce que ça voudra, pourvu
» que j'oublie tout, je serai l'homme le
» plus heureux de la terre. » Le Scheggia
répliqua en lui disant : — « Que maudite

» soit la négligence! vous auriez pu me
» dire cela plus tôt : ce serait une trop
» grosse affaire maintenant de faire
» revenir le diable et de le contraindre;
» ne vous suffit-il pas d'en être quitte?
» Et puis je ne voudrais pas l'ennuyer
» encore une fois, il n'aurait qu'à me
» dire après cela que je suis un importun;
» je ne veux pas davantage tenter encore
» la fortune, ni avec des esprits ni avec
» des enchantements; je ne veux plus
» m'embarquer avec des enchanteurs;
» ainsi, prenez votre mal en patience. —
» Tu as, ma foi! bien raison, » reprit
Gian Simone, « nous en sommes quittes
» à bon marché. »

Après avoir échangé encore quelques
propos, le Scheggia laissa notre homme
bien tranquille; il alla à la maison de
Zoroastro où l'attendaient ses amis auxquels il raconta tout et avec lesquels il
dîna fort gaiement.

Le jour suivant, Gian Simone étant
sorti et ayant rencontré le Monaco et le

Pilucca, fut bien certain qu'ils avaient
tout oublié; après quelque temps écoulé,
il voulut les faire parler, leur tirer les
vers du nez, mais ils se montrèrent très
étonnés; ils eurent l'air de ne rien savoir,
tout en riant aux éclats le mieux du
monde. Toujours est-il que nos quatre
compagnons, laissant Gian Simone berné
et pillé, firent longtemps ripaille à ses
dépens.

FIN DU TOME PREMIER

TABLE DES MATIÉRES

DU TOME PREMIER

DEUXIÈME SOUPER

Paris. — Typ Ch. Unsinger, 83, rue du Bac.

c

ISIDORE LISEUX, LIBRAIRE-ÉDITEUR

2, RUE BONAPARTE, PARIS

COLLECTION

DES MEILLEURS CONTEURS ITALIENS

——•◦•——

———

Envoi franco *contre Mandat de Poste*

- -

Paris. — Typ. Ch. UNSINGER, 83, rue du Bac.